Passion of Kill
Darryl & Nika
von Emma Smith

AF215796

BOOKS OF PASSION

Books of Passion ist mehr als nur ein
Zusammenschluss von drei Autorinnen.
Mehr als Liebe. Mehr als Dramatik. Es ist
Leidenschaft, die uns vorantreibt.
Und dieses Mal führt uns diese Leidenschaft zu
Rage, Darryl und Scott.
Drei Bad Boys, drei nervenaufreibende Geschichten.

Im Zuge unseres Zusammenschlusses entstand diese
Reihe und aus Books of Passion wurden Passion of
Fight, Passion of Kill und Passion of Pay.

Books of Passion - Passion of Books.

Viel Spaß!

Für Anja

Impressum

Emma Smith/Jasmin Schürmann
Marga-Meusel-Straße 25
45711 Datteln

Lektorat/Korrektorat: Katrin Schäfer
2. Korrektorat: Anna Werner
3. Korrektorat Virginie Vogel
Cover: Sabrina Dahlenburg
Satz & Layout: Laura Newman
- design.lauranewman.de -
Illustrationen Innenteil:
Designed by Tamaratorres & Freepik / Freepik.com

Herstellung und Verlag: BoD – Books on Demand, Norderstedt
ISBN: 978-3744894074

Darryl

Ich hielt meine Zigarette in der einen, meinen Drink in der anderen Hand. Von meinem Platz hatte ich den perfekten Blick über den Laden. Die gierigen Blicke der Typen, die sich an den Tänzerinnen aufgeilten, während der nächste Boxkampf begann, brachten mich zum Grinsen.

Die Menge jubelte schon, die Tänzerinnen warteten darauf, dass endlich die Kämpfer in den Ring stiegen. Einen der heutigen Kämpfer wollte ich nicht verpassen.

Victor, der Besitzer des *Palace of Pain*, - und mittlerweile guter Geschäftspartner - informierte mich regelmäßig über interessante Kämpfer. Vor allem, wenn es um Rage ging ... Der, der mir am liebsten eine Kugel in den Kopf jagen würde, weil seine Schwester zu viel wusste. Aber so war das bei mir. Nichts lief über Dritte, und wenn man mit dem verdammten Dreck nicht klarkam, in dem wir lebten, dann wurde sich darum gekümmert. Diesmal traf es seine Schwester. Auch wenn ich erst im Nachhinein davon erfuhr, war es richtig, sie loszuwerden.

Ich saß circa fünf Meter über dem Geschehen. Wie immer verzog ich mich in eine dunkle Lounge. In zehn Minuten würde irgendeine Tänzerin gerufen, die für mich ein bisschen mit dem Arsch wackelte und mir den Schwanz lutschen würde, damit ich mit dem Druck in der Hose nicht zurück nach New York fliegen brauchte.

»Boss.«

Charlie, mein Bodyguard und engster Vertrauter, kam herein und hielt mir sein Handy hin. Ich zog eine Augenbraue in die Höhe, weil ich jetzt kein Anruf erwartete.

Ich nahm seufzend den unangekündigten Anruf an. Hoffentlich musste ich mich nicht wieder mit irgendeinem Kleinscheiß abgeben, weil irgendeiner meiner Männer seine Arbeit nicht ordentlich erledigte.

Ich sagte nichts, als ich das Handy ans Ohr hielt. Charlie blieb neben mir stehen, während der erste Kämpfer in den Ring lief. Rage würde wohl gleich noch folgen.

»Darryl, mein Freund.«

Mein Kiefer spannte sich an.

»Micael.«

»Schön, dass ich dich erreiche«, sagte das russische Mafia-Oberhaupt.

Es war also »schön, mich endlich zu erreichen«? Davor nannte er mich »seinen Freund«?

Was zum Teufel wollte der Bastard mit mir spielen?

»Meine Freude hält sich in Grenzen«, antwortete ich und blickte weiterhin hinunter. Micael lachte, viel zu lang für meinen Geschmack.

»Was willst du, Micael?«, fragte ich. Ich wollte in Ruhe den Kampf sehen und nicht mit Micael Vulkova reden, wenn der offensichtlich einfach nur nerven wollte.

»Wie immer sofort bei der Sache.«

»Wenn du über die Sache in Miami sprechen willst, dann ...«

»Nein, nein. Darum geht es nicht«, antwortete er mit seinem nervigen russischen Akzent.

Vor zwei Wochen versuchten seine Jungs, Drogen nach Kuba zu schmuggeln. Ich fand es heraus und meine Jungs stoppten sie. Eigentlich hatte ich schon eher eine Nachricht erwartet. Denn der Mistkerl hatte mein Land betreten. Und niemand tat das, ohne mein Einverständnis.

»Ich hab ein Angebot. Das ich nur dir exklusiv machen möchte. Interesse?« Jetzt war von seiner fröhlichen Stimme nichts mehr zu hören.

»Worum geht es?«

Vielleicht wollte er eine freie Route nach Kuba? Gegen Bezahlung. Das konnte er vergessen. Vielleicht ...

»Ich will Frieden, Darryl.«

Rage lief zum Ring und die Menge jubelte noch lauter, aber ich konzentrierte mich auf Micaels letzte Worte.

»Dir ist klar, dass das unmöglich ist«, erklärte ich.

»Nicht mehr für mich.«

Ich sog schnell die Luft ein. »Es gibt nichts, dass mich umstimmen könnte.«

Und ich meinte, was ich sagte. Wir hassten uns nicht nur. Unsere Familien, unsere Clans, führten seit mehr als dreißig Jahren Krieg miteinander. Viele Menschen mussten sterben. Viele wurden gefoltert, zerstückelt und weggeworfen wie Vieh, nur weil sie den Namen „Wood" oder „Vulkova" trugen. Seit über drei Jahrzehnten kämpften die größten Drogen-und Waffenhändler in Nordamerika gegeneinander, und das wollte Micael, der alte Mann, plötzlich mit einem Anruf ändern? Vielleicht stimmten die Gerüchte und er verlor seinen Verstand.

»Bist du dir sicher?«, hakte er noch einmal nach.

»Du verschwendest meine Zeit!«

»Ich gebe dir Nika!«

Immer noch blickte ich runter zum Ring, nur diesmal war es einfach ein Starren. Mein Verstand versuchte, Micaels letzten Satz zu verarbeiten.

»Du kennst meine Tochter?«

»Ich habe von ihr gehört«, antwortete ich ihm und spannte den Kiefer an.

Das stimmte nicht so ganz, aber das ging den Bastard nichts an. Er war also wirklich bereit, seine einzige Tochter zu opfern.

»Ich gebe sie dir.«

»Du gibst sie mir?«, schnaubte ich.

»Ja«, antwortete er mit fester Stimme und ließ keinen Zweifel daran, dass dieses Stück Dreck tatsächlich seine eigene Tochter verkaufen wollte.

Nur sollte man sich die Frage stellen, welcher Teufel besser für die Kleine war? Der eigene Dad oder der, der sie um jeden Preis haben wollte?

NIKa

Ich hätte den Bus nehmen sollen. Definitiv.

Wie dumm konnte man nur sein. Und wenn Dad das erfuhr ...

Ich lief irgendwo in Brooklyn herum und hatte wohl die einzige Gegend erwischt, die abgelegener nicht hätte sein können. Seit Minuten lief ich hier herum und außer einer verwaisten Katze kam mir niemand entgegen.

Nicht nur, dass ich absolut nicht wusste, in welchem Block ich mich genau befand ... ich wusste nicht mal, wie spät es war noch wie ich hier wieder wegkommen sollte.

Auch wenn ich es vor Dad nie zugeben würde, aber ich bereute es, mich rausgeschlichen zu haben. Denn diesmal würde es nicht unbemerkt bleiben und Igor, mein Bodyguard, würde einen Heiden-Ärger bekommen. Das durfte ich nicht zulassen. Also ignorierte ich die Blasen an meinen Füßen und den kalten Wind. Leider trug ich nur eine dünne Strickjacke über meinem knielangen Kleid. Aber ich musste schnell wieder zurück ins Hotel.

Ich hatte geplant, einen Club zu besuchen. Der Plan ging schief. Eine Messerstecherei vor dem Laden rief die Bullen auf den Plan und ich musste von dort verschwinden. Die Tochter von Micael Vulkova durfte nicht gesehen werden. Nie. Ich war ein Schatten. Bevor Mom starb, hatte ich noch so etwas wie ein Leben, weil sie sich darum kümmerte, dass ich einigermaßen frei atmen konnte. Mittlerweile lag das über 15 Jahre zurück, und dieses Wochenende war das erste, das ich überhaupt außerhalb von L.A. verbrachte. Dad schlug das sogar vor und das glich einem achten Weltwunder. Er ließ mich nie die Stadtgrenze passieren. Ich sollte Igor mitnehmen und das Wochenende über in Ruhe Sightseeing-Touren machen, so Dads Aussage.

Angeblich hätte er zu Hause einiges zu tun, er wollte mich nicht in der Nähe haben.

Ich wollte gerade die Straßenseite wechseln, als ich das Klicken einer Sicherung hörte. Abrupt blieb ich stehen. Jemand stand hinter mir.

»Umdrehen und mitkommen.«

Natürlich hatte ich die Tasche mit meiner eigenen Knarre im Hotel gelassen.

Sähe bei dem Kleid halt nicht besonders gut aus.

Und jetzt drückte mich irgendein Möchtegern-Gangster in eine dunkle Seitenstraße. Wunderbar.

»An die Wand!«

Ich hob meine Hände und drückte sie an die Hauswand, dann ging es los mit dem Betatschen.

»Was hast du bei dir?«, flüsterte er mir plötzlich zu und drückte seine dreckigen Finger zwischen meine Beine.

»Nichts, du dummer ...«

Wieder hörte ich das Entsichern einer Waffe.

»Loslassen«, vernahm ich jetzt von einem weiteren Mann, und die Hand verschwand sofort aus meinem Schritt.

Eigentlich hätte ich mich freuen sollen. Immerhin schien man mich gefunden zu haben, aber da ich diese Stimme absolut nicht zuordnen konnte, wusste ich, dass ich mir deswegen noch mehr Sorgen machen musste.

»An die Wand!«

Jetzt stand mein Angreifer direkt neben mir, und ich war schlau genug mich nicht zu bewegen. Es waren keine Russen, also konnte ich mit Dads Leuten nicht rechnen. Ich hörte den Motor eines Wagens.

»Umdrehen.« Die Waffe berührte meine Schulter, langsam tat ich es und sah mich einem groß gewachsenen Kerl gegenüber. Es war dunkel hier, aber da die Scheinwerfer vom Auto etwas Licht schenkten, konnte ich seinen neutralen Gesichtsausdruck sehen. »Zum Auto.« Er hatte mich nicht einmal gemustert. Shit. Sie wissen, wer ich bin.

Mit erhobener Hand lief ich Richtung Auto und bemerkte einen weiteren Mann, der dort stand. Dank der Scheinwerfer, die mir jetzt direkt in die Augen schienen, war es schwierig, denjenigen zu erkennen. Lässig stand er an der Limousine ... Fuck. Nur wenige fahren Limousinen ... und kein Rockstar oder Hollywoodschauspieler würde sich in diese Ecke verirren.

»Du kannst die Hände runter nehmen«, erklang die Stimme des Kerls am Auto. Sie war rau, und obwohl es nicht so klingen sollte, war es ein Befehl. Ohne zu zögern senkte ich die Hände. Als ich am Wagen ankam, stand er direkt neben mir. Fast zwei Köpfe größer, atemberaubend attraktiv und er gehörte nicht zu den guten Jungs. Das war sofort zu sehen. Verdammt. Sein ernster Blick, die angestrengten Züge, der teure Anzug ... und nicht zu vergessen: sein

Handlanger, der wohl noch mit meinem Angreifer beschäftigt war ...

»Geht es dir gut?«

Er duzte mich und wollte wissen, ob es mir gut ging. Okay ... vielleicht war er doch von Dad geschickt worden?

»Nika. Ich rede mit dir.«

Ich zuckte zusammen, weil ich wohl in Gedanken versunken war.

»Ich wurde überfallen und konnte dem Mistkerl nicht in die Eier treten. Mir geht's bescheiden. Zufrieden?«

Sie wollten mich nicht töten. Also konnte ich auch aufhören, das kleine ängstliche Mädchen zu spielen. Aber was wollten sie dann?

Ein kleines Lächeln umspielte seine Lippen. Die Erfahrung sagte mir, dass er das nicht oft tat.

»Steig ein.«

»Und wieso sollte ich das tun?«, hakte ich nach.

»Stell keine dummen Fragen. Steig ein.«

»Wie bitte?«

Außer Dad hatte noch niemand so mit mir geredet.

»Du würdest nicht mal zehn Meter weit kommen. Du hast einige Leute auf dich aufmerksam gemacht, Prinzessin.«

Mit einer Kopfbewegung tauchte der Handlanger auf und öffnete für uns die Tür. Erst wollte ich auf stur stellen, aber umso länger der Kerl mich anstarrte, umso nachgiebiger wurde ich. Schnaubend stieg ich ein.

Gepolstert. Natürlich. Feinstes Leder. Vermutlich würde der Herr sich ohne diese Ausstattung nicht mal ins Auto setzen.

Ich rutschte auf die gegenüberliegende Seite, als der Kerl sich setzte. »Wer sind Sie und was wollen Sie von mir?«

Ich brachte absichtlich Distanz zwischen uns, denn …

Er setzte sich hin und blickte mir in die Augen. Der'mo - verfiel ich gedanklich ins Russische. Es bedeutete »Scheiße«, denn dieses Licht hier drinnen sorgte dafür, dass ich sein Gesicht richtig sehen konnte. Dieser Mann war nicht nur heiß, er war … kein Wunder, dass die Pole schmolzen. Dass wir Probleme mit dem Klima bekamen. Er hatte ein kantiges Gesicht, aber was für ein attraktives.

»Leichtsinnige Entscheidung, nachts hier herumzulaufen«, begann er mit seiner tiefen und rauen Stimme zu sprechen. Und dank ihm erwachte ich wieder aus meiner Schwärmerei, die absolut unangebracht war. »Vor allem in dem Aufzug und das auch noch unbewaffnet.«

Ich verschränkte die Arme vor der Brust, als er sich ein Glas aus dem kleinen Tisch am Fenster nahm und sich etwas Whiskey oder so was ins Glas schüttete.

»Woher wollen Sie wissen, dass ich unbewaffnet bin?«

Er blickte mich an und schien mich tatsächlich von oben bis unten zu scannen. Warum fühlte ich mich auf einmal so nackt? Genug Stoff trug ich doch.

»Glaub mir, darunter trägst du nichts weiter.«

Die Anspielung habe ich auch verstanden. Mudak. Innerlich zuckte ich zusammen. Wann fluchte ich mal auf Russisch? Ich hasste es regelrecht. Und jetzt nannte ich ihn schon «Arschloch«?

Der Wagen startete und wir fuhren los. Wohin? Keine Ahnung. Raus konnte ich von hier aus nicht schauen. Die Fensterscheiben waren auch von innen verdunkelt. Toll.

»Also, wer sind Sie und was wollen Sie?«

»Was glaubst du?«

Er ließ sich mit dem Glas in der Hand ins Polster zurückfallen und schaute mich wieder so merkwürdig an.

»Ich glaube, dass Sie absolut dämlich sind, wenn Sie meinen, durch mich an Geld, Macht oder sonst etwas zu kommen. Mein Vater ...«

»Dein Vater weiß, dass du bei mir bist, Nika.«

Ich schluckte, weil ich nicht eine Sekunde daran zweifelte, dass er mir hier gerade Scheiße erzählte.

»Sie arbeiten für ihn?«

»Nein. Ich wäre der Letzte, der das täte. Glaub mir.«

Wer war er dann? Ich verstand das nicht. Er tauchte auf, half mir. Jetzt saß ich hier und sollte mit ihm fahren. Aber anscheinend brachte er mich nicht zu meinem Vater.

»Wer zum Teufel sind Sie?«

Ruhig, als würde er darauf warten, dass es bei mir «Klick» machen würde, trank er einen Schluck aus seinem Glas.

Der Anzug passte wie angegossen. Maßanfertigung. Da war ich mir sicher. Vielleicht Gucci oder Armani. Er hatte Kohle und vermutlich Besitz. Wir waren in New York, er tauchte einfach mal so in Brooklyn auf, als würde es ihm gehören.

Und wenn es so war? Meine Augen wurden riesengroß, als mir klar wurde, wer das vor mir sein konnte.

»Sie sind Darryl Wood? Der Darryl Wood?« Sein amüsiertes Lächeln sorgte dafür, dass mein Puls in die Höhe schoss und ich mich instinktiv versteifte.

»Dads Erzfeind«, flüsterte ich.

»Bourbon?«, fragte er seelenruhig und hob das Glas. »Beruhigt die Nerven.«

»Was wollen Sie? Krieg? Gratulation. Den werden Sie mit meiner Entführung anzetteln.«

Ich saß in Darryl Woods Limo. Nein, Scheiße ... Ich war ihm nie begegnet, wusste aber von jedem Verbrechen, das er Dads Leuten angetan hatte. Schreckliche, fürchterliche Dinge ... Gut, Dad war mindestens genauso schlimm, aber jetzt saß ich hier auf der anderen Seite ...

»Nika.«

»Hören Sie auf, mich so zu nennen. Sie sind ein Wood. Ein ...«

Sein Blick war todbringend. Egal was ich sagen wollte, ich schluckte es herunter.

»Und was soll das heißen, dass mein Dad weiß, wo ich bin?«

Er seufzte, rieb sich kurz über die Stirn und schien hinauszusehen, auch wenn er gar nichts erkennen konnte. Was, wenn er mich jetzt abknallen und mich dann irgendwo verbuddeln wollte? So weit ließ ich es nicht kommen. Niemals.

»Das heißt, dass Micael mir gesagt hat, wo ich dich finden kann.«

»Wieso?« Ich verstand das alles einfach nicht.

»Weil er mir einen Deal vorgeschlagen hat.«

Mir wurde ganz mulmig und ich musste schlucken, weil er mich wieder so eindringlich anschaute. Sein Blick war so intensiv. Unglaublich. Er hatte braune Augen, so dunkel wie seine Seele vermutlich. Wundern würde mich das nicht. Vielleicht besaß er nicht mal mehr eine Seele.

Darryl Wood wartete darauf, dass ich weiter nachhaken würde. Das konnte ich aber nicht, weil ich es bereits vermutete. Dad ließ mich nie allein irgendwohin. Aber dieses eine Mal bestand er darauf. Immer öfter gab ich einen Scheiß auf seine Vorschriften und schlich mich nachts aus dem Haus. Ich machte ihm Ärger, Probleme, die er nicht gebrauchen konnte.

»Ich gehöre Ihnen nicht. Sie werden mich nicht anrühren oder sonst irgendwas ...«

Der Wagen blieb plötzlich an Ort und Stelle stehen. Seine Tür wurde geöffnet und er lächelte mich an.

»Das liegt nicht mehr in deiner Hand.«

Ich öffnete geschockt den Mund. Irgendwas wollte ich sagen, aber ich fand die Worte nicht. Mein Körper zitterte, ich war ... oh Gott.

»Rauskommen.« Die barsche Stimme von seinem Lakaien ertönte, also kletterte ich heraus. Wir befanden uns vor einem riesigen Haus. Sicherheitsleute rechts, Sicherheitsleute links. Riesige Metallzäune, Scheinwerfer, die das gesamte Anwesen beleuchteten. Darryl Woods Anwesen.

»Fass mich nicht an«, rief ich, als sein Lakai mich am Oberarm fasste.

»Charlie, lass sie los.« Darryl blieb kurz vor der Haustür stehen und schaute tatsächlich seinen Lakaien wütend an. »Vergiss nicht, wer sie ist.«

»Werd ich ganz sicher nicht«, murmelte er, sodass ich das genau mitbekam.

»Los, weiter.« Diesmal berührte er mich nicht, als ich losging.

Die Tür wurde von einem Bediensteten geöffnet. Der Kopf war gesenkt, als Darryl, der Lakai und ich hereinkam.

Ich staunte nicht schlecht, als ich die mindestens zehn Meter hohe Decke bewunderte. Ein riesiger Kronleuchter schmückte die Decke, dazu befanden sich zahlreiche Kunstwerke an der Wand und den Boden schmückten ein paar teure Perserteppiche. Wenigstens bewies Darryl Geschmack. Dad lebte noch halb in Russland, wenn ich an die altmodische Scheiße in L.A. zurückdachte.

»Baby!«, kreischte eine Frau. Von irgendwoher kam eine brünette Schönheit und fiel Darryl praktisch in die Arme. »Endlich bist du wieder da! Du hast mir so gefehlt,« gurrte sie, während ihre Hand in eine Richtung abdriftete, die geschmackloser nicht sein konnte.

Darryl räusperte sich und schob sie etwas von sich weg. »Nicht jetzt, Claudia. Wir haben einen Gast.«

Ach, jetzt war ich also ein Gast? Nannte man das hier so, wenn man jemanden entführte? Interessant.

Claudias Kopf fuhr in meine Richtung. Gott, die Frau trug ja nur Unterwäsche. Was zum Teufel war das für ein Haus?

»Wer ist das?« Sie blinzelte mehrmals und schien tatsächlich eine Eingebung zu haben. »Baby, das ist ... bist du wahnsinnig?«

Ihr Blick fiel auf Darryl und ihr Ausdruck wurde weicher. »Tut mir leid, Baby. Ich ...« Wieder fummelte Claudia an ihm rum. Er drückte sie bestimmt zurück.

»Bring sie in mein Büro und lass sie nicht allein, bis ich zurück bin.« Er ließ dabei Claudia nicht eine Sekunde aus den Augen, obwohl die Ansage Charlie galt. Entweder würde er sie jetzt besinnungslos vögeln oder ihr die Leviten lesen, weil sie sich getraut hatte, ihn als wahnsinnig zu bezeichnen. Wobei ein Mann wie Darryl beides sicherlich miteinander verbinden konnte.

Charlie drückte mich in eine Richtung und widerwillig folgte ich ihm.

Es war wunderbar, wie eine Marionette herumgescheucht zu werden. Wobei ... so anders lief das zu Hause auch nicht. Zu Hause ... war das in L.A. wirklich mein zu Hause? So fühlte es sich noch nie wirklich an.

Ich verbrachte die meiste Zeit im Haus, verzog mich oft auf mein Zimmer. Und sobald Dad aus dem Haus war, was oft passierte, verzog ich mich mit Igor in die Fitnessräume, und er zeigte mir Dinge, die ich lernen sollte. Jetzt wusste ich, wofür das alles gut war. Ich befand mich in Darryl Woods Händen. Ob das nun stimmte mit meinem Vater oder nicht. Gefallen lassen würde ich mir das nicht.

»Setz dich«, befahl Charlie, als er mich in das Büro schubste.

Ich setzte mich in den lederbezogenen Sessel, der vor dem imposanten Schreibtisch stand und blickte mich weiter um. Darryl stand auf dunkles Holz, urig und scheiße. Niemals würde ich sagen, dass er höchstens Anfang Dreißig war. Das Büro ähnelte dem meines Vaters. Vermutlich hatten alle Mafia-Oberhaupte in ihren Büros den gleichen kranken Geschmack. Wenn ich an diese halbnackte Claudia zurückdachte, bestätigte das mich nur in der Annahme, wer und was Darryl Wood war.

Die Uhr an der Wand tickte und das Geräusch nahm bald den gesamten Raum ein. Ich zuckte zusammen, als die Tür wieder aufging. Charlie stand die ganze

Zeit hinter mir. Leider fand ich auch nichts, das ich mir als Waffe hätte greifen können.

Darryl hatte sein Jackett abgenommen, lehnte sich an seinen Schreibtisch und blickte mich an. Sein weißes Hemd spannte, er war muskulös. Verdammt, erst müsste ich Charlie erledigen, was für mich wohl unmöglich war. Und dann kämen noch Darryl und seine ganze Security.

»Wir werden dir nichts tun«, erklang seine feste Stimme und ich schnaubte. Dennoch entspannte ich mich etwas. Auch wenn er ein Mörder, ein Dealer und anscheinend auch ein Zuhälter war, glaubte ich seinen Worten. Warum auch immer.

»Ich hätte dich auch weiterhin in Brooklyn herumlaufen lassen können. Irgendjemand hätte sich schon um dich gekümmert, Nika.«

Das stimmte. Aber vorher hätte ich mich bis zum Verrecken gewehrt. Davon konnte er ausgehen.

»Soll ich Ihnen jetzt dankbar sein? Einem Wood?«, spuckte ich den letzten Satz so angewidert wie möglich aus. Auch wenn es mir immer schon egal war, mit wem Dad da seine Kriege führte. Es war etwas anderes, wenn ich von einem von denen entführt wurde.

»Lass uns allein, Charlie«, sagte Darryl und starrte mich an, als müsste er seine Wut zügeln. Oho.

Die Tür wurde zugezogen und dann war ich mit ihm allein. Ich schluckte. Was hatte er jetzt vor?

 DARRYL

Von Atlanta nach New York dauerte der Flug knapp drei Stunden. Eigentlich hatte ich gedacht, sie erst später zu sehen. Aber Micael hatte mir mitgeteilt, dass Nika in New York war und sich rausgeschlichen hatte. Sich rausgeschlichen! Er war nicht mal wütend, machte sich nicht mal Sorgen. Dafür tat ich es.

Und wenn eine hübsche Frau nachts in dunklen Ecken herumlief, machte das die Runde. Da mir diese ganze Stadt, die gesamte Ostküste gehörte, waren es meine Männer, die sie fanden ... Und einer von ihnen wollte sich anscheinend selbst etwas beweisen, weil der Trottel sich tatsächlich Nika schnappte. Wir kamen noch früh genug, aber dennoch nervte es mich, dass es einer von meinen Jungs war.

Ich dachte, dass ich mich jetzt um ein kleines scheues Reh kümmern müsste, aber dem war nicht so. Nika Vulkova war so ganz anders, als erwartet. Die vielen Bilder und Gerüchte zeigten mir ein Bild von ihr, das ihr nicht ähnelte. Ganz und gar nicht ähnelte. Denn wie sie mich die ganze Zeit ansah, so zornig, angepisst und kämpferisch ... Das war sie. Sie kämpfte. Vielleicht war das dem Moment geschuldet, aber mein Instinkt sagte mir, dass nichts an Nika leise und schüchtern war.

Es war das erste Mal, dass ich nicht an dem Deal zweifelte. Vielleicht würde sie mich sogar überraschen, was noch keine Frau wirklich zustande gebracht hatte. Eines wusste ich aber: Dieser böse Blick, der mir galt, war heiß. Dazu dieses unverschämt kurze Kleid, die langen blonden Locken, das schöne ebenmäßige Gesicht. Ich besaß viele Frauen. Sie liebten mich, sie verehrten mich ... aber sie hier verachtete mich. Das gefiel mir. Sie war schlagfertig. Natürlich könnte sich das noch ändern, wenn sie erfuhr, warum sie hier war, aber ...

»Hören Sie mir überhaupt zu?«

Tatsächlich hatte ich ihr nicht zugehört. Was hatte sie gesagt?

»Nenn mich Darryl.«

Wieder schnaubte sie und blickte mir dabei in die Augen. Sie besaß schöne Augen.

»Ich nenne Sie ganz sicher nicht ...«

»Wenn wir erst mal verheiratet sind, dann wäre es doch merkwürdig, wenn du mich immer noch siezen würdest«, erklärte ich mit einem leichten Schmunzeln. Wieso alles noch hinauszögern?

Sämtliche Farbe entwich ihr. Ihre Augen wurden riesengroß vor Schock.

Sie öffnete mehrmals den Mund, aber echte Worte kamen nicht heraus, bis sie es dann doch schaffte.

»Das ist nicht wahr.«

»Dein Vater und ich werden einen Frieden aushandeln. Dazu bekomme ich dich. Du wirst meine Frau, hier leben und ...« Sie stand so ruckartig auf, dass der 100-Pfund-Sessel wackelte.

»Niemals!«

Ich versuchte, entspannt zu wirken. Niemand würde sich mir verweigern, aber Nika erfuhr erst jetzt, was mit ihr geschehen würde.

»Du wirst dich damit auseinandersetzen müssen und es akzeptieren. Micael hat ...«

»Ich scheiß auf meinen Vater und ich scheiß auf dich. Niemals werde ich die Frau eines kaltblütigen Mörders. Es reicht mir schon, die Tochter von Micael Vulkova zu sein. Niemals.« Die Wut, die sie mir entgegenfeuerte, machte mich an. Und wie. Meine Hose spannte, als mir klar wurde, dass sie vorhatte zur Tür rauszugehen. Aber Charlie stand schon parat und griff sich Nika.

»Fass mich nicht an!« Sie kämpfte, versuchte ihn zu boxen, aber Charlie war nun mal ein über 200 Pfund schwerer Typ, der dafür bezahlt wurde, sich nicht unterkriegen zu lassen. Und das tat er auch nicht, als er seine geübte Hand an ihr Schlüsselbein legte und sie wenige Augenblicke ohnmächtig in seinen Armen lag.

»Musste das unbedingt sein?«, seufzte ich und kniff meinen Nasenrücken.

»Sie hat mir keine andere Möglichkeit gelassen«, verteidigte er sich und grinste. Er grinste selten.

»Weil sie dir vermutlich in die Eier getreten hätte, wenn sie länger um sich geschlagen hätte.« Charlie schnaubte und legte sich Nika über die Schulter.

»Bring sie in mein Zimmer. Sorg dafür, dass sie nicht flieht.« Er runzelte die Stirn, fragte aber nicht nach. Nie ließ ich eine Frau einfach so in mein Zimmer, aber ich wollte ihr etwas Ruhe gönnen.

Charlie verließ das Zimmer, und Claudia tauchte mal wieder zum perfekten Zeitpunkt auf. Ihre Titten quollen fast heraus aus dem BH. Wie immer. Sie war am längsten hier und versuchte gar nicht zu verbergen, dass sie Anspruch auf mich erhob, wenn sie wollte. Nur wurde das immer mehr zu meinem Problem.

Ich sammelte immer wieder mal Frauen auf. Ob aus einem meiner Clubs oder weil sie mir so lange hinterher rannten, bis ich nachgab. Ich war auch nur ein Kerl.

Einige lebten in meinem Haus und durften eine Weile den Luxus und meine Aufmerksamkeit genießen. Sie lebten nach meinen Regeln. Also trugen sie auch keine Klamotten, wenn ich im Haus war.

»Du wirkst angespannt, mein Lieber. Soll ich dir etwas bei der Entspannung helfen?« Sie drückte mich in den Sessel, in dem gerade noch Nika mit ihrem süßen, knackigen Arsch saß. Nika ...

Claudia kniete sich hin und spielte an meinem Gürtel herum. Sie wirkte nicht wütend oder sonst was, weil ich sie mir vor ein paar Minuten gegriffen hatte und ihr klarmachte, dass sie nie wieder so mit mir zu sprechen hatte. Wie immer spielte sie die Unschuldige, aber im Grunde wusste jeder hier im Haus, dass sie alles war, nur nicht unschuldig.

Mein Schwanz stand wie eine Eins, als sie ihn aus meiner Hose und der Boxershorts zog und ihn massierte. Ich schloss stöhnend die Augen, um mich ganz auf das Hier und Jetzt zu konzentrieren. Ich spürte ihre Zunge, und obwohl ich sie nicht sah, wusste ich, dass es nicht Nika war. Ich stellte mir vor, dass sie das in naher Zukunft mit mir machen würde.

»So ist gut, entspann ...« Claudias Stimme pisste mich gerade richtig an. Ich griff mir ihr langes Haar, zog sie von meinem Schwanz hoch und starrte sie an.

»Du sollst die Klappe halten!« Mein Blick fiel auf ihre feuchten rosigen Lippen. Ja richtig, sie wollte mir einen blasen. »Du bist nicht zum Reden da.« Ich ließ sie los und versuchte mich wieder zu beruhigen. »Besorg's mir und dann will ich dich nicht mehr sehen heute!«

Claudia sagte nichts. Jetzt wusste sie auch, dass ein einziges Wort fatal für sie wäre. Also tat sie das, wozu sie hier war. Sie blies mir einen.

Mit meinem Drink in der Hand lief ich Stunden später nach oben. Nachdem ich verdammt noch mal noch nie so lange gebraucht hatte, um mein Zeug in Claudias Mund abzuschießen, verzog ich mich an den Schreibtisch und arbeitete.

Und jetzt, da ich keine Arbeit mehr vorzuschieben hatte, musste ich ins Bett ... oder besser zu ihr.

Es war ungelogen. Ich wollte zu ihr. Ich wollte ...

Charlie stand noch immer vor der Tür.

»Du kannst gehen. Ich kümmere mich um sie.«

Seine Augenbraue zog sich verräterisch nach oben. Natürlich dachte er darüber nach, worum ich mich kümmern würde. Aber er war zu sehr Profi, als dass er das wirklich ansprechen würde.

Charlie verzog sich, ich öffnete die Tür. Es war dunkel. Vielleicht schlief sie schon? Aber nichts da. Der Windhauch von der Seite warnte mich, und das war ihr Fehler. Sie stürzte sich auf mich, traf mich mit ihrer kleinen Faust am Kinn. Der Schlag war nicht stark, sodass ich sie direkt packen konnte und auf den Boden warf. Gerade war es mir schnurzpiepegal, wie klein und zierlich sie war. Sie wollte mir wirklich eine runterhauen! Miststück!

Ich griff mir ihre Handgelenke und drückte sie über ihren Kopf. Absolut wehrlos, und dennoch versuchte sie weiterzukämpfen. Ich setzte mich auf sie und drückte fester zu. Sie kreischte und versuchte sich zu bewegen, was natürlich nicht gelang.

»Hör auf zu kämpfen! Beruhige dich«, brüllte ich und drückte mich dichter an sie. Sie roch süßlich … nach Parfum und nach etwas, das vermutlich ihr natürlicher Duft war. Es war dunkel hier drinnen und dennoch konnte ich die nackte Haut sehen, weil bei unserem Kampf ihr Kleid verrutscht war. Das Schlüsselbein und der Brustansatz waren zu sehen, dennoch musste ich mich jetzt auf sie konzentrieren. Niemand griff mich an, ohne dafür zu büßen.

»Was hast du versuchen wollen? Mich angreifen? Niederschlagen und dann hier rausspazieren? Mädchen, wach auf! Du kommst hier nicht raus. Nicht ohne mein Einverständnis.«

Nur Zentimeter standen zwischen mir und ihrem Mund. Sie hatte einen schönen Mund. Einen …

»Geh runter von mir«, schrie sie und die Tür glitt ganz auf. Meine Männer standen jetzt vor uns, dennoch starrte ich lieber dieses Biest unter mir an.

Mein Schwanz drückte gegen die Hose. Plötzlich will mein Schwanz doch, oder was?

»Boss, sollen wir …« Ich ließ Charlie nicht ausreden, während ich in das angepisste Gesicht meiner Zukünftigen starrte. Oh ja, und wie sie das sein wird.

»Raus«, sagte ich in ruhigem Ton, und sie wussten, dann waren Widerworte noch gefährlicher, als sie es sonst schon waren.

Die Tür schloss sich und wieder befanden wir uns in völliger Dunkelheit.

Sie atmete schnell, ihre schönen Brüste platzten fast aus diesem Kleid.

»Geh runter von mir!«

»Dann benimm dich!«

Ich ließ sie los und stand auf. Umständlich rückte sie ihr Kleid zurecht und funkelte mich dann wütend an. Das nahm ich an. Hier drinnen war es immer noch dunkel, aber wenn ich sie in diesem Zustand genau sehen würde, dann würde ich ...

»Lass mich gehen!«

Erst dachte ich, mich verhört zu haben. Aber sie hatte wirklich geflüstert und mich darum gebeten, gehen zu können.

»Was bringt es dir, mich hierzubehalten?«

»Dein Vater und ich haben einen Deal, Nika. Dein Leben für den Frieden.«

Lange blickte sie mich an, konnte aber nicht ansatzweise in dieser verfickten Dunkelheit erkennen, was sie vielleicht denken könnte.

»Er kann mich nicht einfach eintauschen. Schön, dass ihr euren ach so schönen Frieden miteinander schließen könnt. Aber ganz sicher wird das nicht wegen mir passieren! Ich werde nicht hierbleiben!«

Irgendwie konnte ich mehr damit anfangen, wenn sie wütend war, wie in dem Moment, als sie mich bat, gehen zu dürfen. »Wir befinden uns nicht mehr im Stadium, in dem es eine Entscheidung braucht. Du wirst meine Frau, Nika. Und irgendwann wirst du ...«

»Irgendwann werde ich was?«, schrie sie mir entgegen und begann wieder auf meine Brust einzuhauen.

Ich versuchte ihre Handgelenke zu greifen, aber sie schrie, schluchzte und … gab irgendwann auf, als ich sie auf das Bett drückte.

»Ich hasse dich. Dich und Dad. Ich …«

Ich hatte Charlie nicht kommen sehen, als die Spritze schon in ihrem Hals landete. Drei Sekunden später war sie völlig weggetreten. Ich stand wieder auf und starrte auf ihren leblosen Körper.

»Was hast du ihr gegeben?«, hakte ich nach.

»Ein Sedativum. Es haut sie nur für ein paar Stunden um.«

»Das ist auch der einzige Grund, warum ich dir nicht die Birne wegpuste.«

Charlie blieb ungerührt stehen, aber dass er mich weiterhin anstarrte, sagte alles. Er verstand meine Reaktion nicht.

»Sie wird meine Frau, Charlie. Das ist das letzte Mal, dass du Hand an sie gelegt hast.«

»Sie ist eine Vulkova, Boss«, antwortete er, als würde das allein schon Antwort genug sein. Stimmt, wäre es normalerweise auch. Aber nicht bei Nika. Charlie vermutete, dass das alles ein mieser Plan war, mich zur Strecke zu bringen. Das hatte er mir direkt nach Micaels Anruf gesagt. Aber Nika war nicht so. Sie war naiv genug, nachts durch Brooklyn zu spazieren. So gut konnte keiner die Angst, die Wut und Verzweiflung vorspielen. Nein. Nika war ein Opfer, aber ganz sicher nicht Täterin.

Jetzt lag sie auf meinem Bett und schlief seelenruhig. Auch wenn ich Charlie am liebsten eine geknallt hätte, sie brauchte die Ruhe. Morgen würde sie alles andere als entspannt sein.

»Du denkst mit deinem Schwanz, nicht mit deinem Kopf«, unterbrach Charlies Stimme meine Gedanken.

»Sei froh, dass ich es tue. Meine Knarre liegt unten.«

Auch etwas, das mir sonst nie passieren würde. Unbewaffnet sein. Fuck. Ist das wirklich Nikas Anwesenheit, die mich so durcheinander bringt und mich vor allem so vergesslich macht? Zumindest würde Claudia das jetzt sagen, da sie nach dem längsten Blow-Job meines Lebens wütend hinausgestampft ist.

»Sie wird nur Ärger machen«, murmelte er und ich verlor gänzlich die Fassung.

»Halt deine Schnauze! Sobald sie meine Frau ist, hast du die Aufgabe, auch sie zu schützen. Wenn dein Schwanz und deine Arschloch-Gene nicht damit klarkommen, kannst du ja gerne gehen. Mal sehen, wie weit du kommst.«

Er wusste, dass niemand, der ohne Einverständnis ging, je wieder auftauchen würde. Charlie hatte sicherlich auch nicht die Ambitionen zu gehen, er hatte schon für meinen Vater gearbeitet. Wo sollte der Penner also hin?

»Ich mach mir nur Sorgen. Du hast keine Garantie, dass es wirklich Frieden zwischen den Russen und uns geben wird. Dazu läuft der Dreck schon viel zu lang.«

Den gleichen Gedanken hatte ich nicht nur einmal heute. Ich wollte diesen ganzen Scheiß auch abblasen, als ich im Flieger saß. Aber da durfte ich noch nicht in Nikas schöne Augen schauen. Seitdem steht das dicke fette Schild über ihrem Kopf: Mein!

»Mach dir keine Sorgen. Wir bekommen alle das, was wir wollen.«

Charlie hatte es auch satt, sich ständig im eigenen Land umdrehen zu müssen. Sicher, als Mafiosi hatte man immer jemanden, der einen loswerden wollte. Aber Vulkova war der größte Widersacher im Land. Würde es wirklich zu diesem »Frieden« kommen, dann wäre es für uns alle eine große Erleichterung.

»Sorg dafür, dass sie Kleidung hat. Ich bin in meinem Büro.«

Eigentlich war ich todmüde, aber jetzt neben ihr zu schlafen war eine ganz blöde Idee.

Claudia hatte mir schon einen geblasen, zehn Minuten lang ... Wenn ich nicht an dieses enge Kleid, an ihre langen Beine, an ... Fuck ...

Ich hatte es nicht mal die Treppe herunter geschafft, da stand mein Schwanz wieder wie eine Eins. Schnell richtete ich diesen in der engen Hose. Morgen wäre sie meine Frau ... also wäre sie auch ... warum fühlte ich so etwas wie Schuldgefühle? Weil es so ist. Du hast sie entführt, ihr gesagt, dass sie einen Fremden, einen Feind, heiraten wird, und ihr Angst gemacht. Ach, und dein Bodyguard hat sie betäubt. Ein wunderbarer Start in die Ehe.

Ich setzte mich an den Kamin. Das Feuer glühte nur noch vor sich hin. Der Brandy in meiner Hand tat meiner Kehle gut. Ich liebte es, wenn ich trotz der ganzen Scheiße tagtäglich noch etwas fühlen konnte. Wobei ... seit sie in meinem Haus war, fühlte es sich alles irgendwie intensiver an.

Es war still im Haus. So gefiel es mir am besten. Wenn ich etwas zur Ruhe kam. Aber dann tauchten auch wieder diese Gedanken auf. Dinge, die passiert waren, an die ich einfach nicht mehr denken wollte.

»Was habe ich dir gesagt, Darryl? Du sollst nachts nicht durchs Haus laufen«, brüllte mein Vater, während ich immer noch auf diesen toten Mann am Boden starrte.

Ja, ich hätte schlafen sollen. Ja, ich hatte hier unten in Dads Arbeitszimmer nichts zu suchen. Aber ich fragte mich schon lang, warum er immer nur abends arbeitete. Eigentlich hätte ich auch fragen sollen, ob der Mann auf dem Boden der Grund dafür war, dass er so ein mieser Wichser war. Denn ein Dad war er nie. Eher irgendein Kerl, der mit Mom und mir hier lebte.

»Ich rede mit dir, Junge!«

Er riss an meinem Pullover und erst jetzt registrierte ich ihn wieder. Das Blut verteilte sich immer schneller über den Holzboden. Die leeren Augen von diesem fremden Mann schienen mich anzusehen. Das konnte nicht sein. Dad hatte ihn ja gerade erschossen. Dieser Knall hallte noch immer in meinem Kopf wider.

»Ich wollte …« Was wollte ich? Ich hatte mich im Schrank versteckt. Die Neugier siegte heute und jetzt hasste ich mich dafür.

»Was wolltest du?«

Charlie stand reglos neben meinem Dad. Ihm schien der tote Mann nichts auszumachen. Weil er nicht der erste war, kam mir in den Sinn. Dad machte das hier nicht zum ersten Mal.

»Ich …«

»Was ist hier los?«

Erleichterung. Pure Erleichterung durchströmte mich, als Mom ins Büro kam. Sie registrierte den toten Mann. Dennoch blickte sie sofort zu mir.

»Lass ihn sofort los, Adrian!«

»Er hätte nicht hier sein sollen. Kannst du nicht einmal auf den Jungen aufpassen?«

»Er ist neun Jahre alt. Darryl ist kein Baby mehr. Natürlich ist er neugierig, wenn sein Vater lieber Männer entsorgt, anstatt ihm etwas vorzulesen.«

»Ich werde sicher nicht mit dir darüber diskutieren. Und jetzt bring ihn nach oben. Wehe er verlässt noch einmal sein Zimmer, bevor die Sonne aufgeht!«

Dad schubste mich in Moms Arme, in die ich mich gerne von ihr ziehen ließ. Sie roch immer nach Blumen und einfach Mom ...

»Schsch... alles ist gut«, flüsterte sie mir zu, als ich wieder in meinem Bett lag.

Aber sie und auch ich wussten damals, dass in dieser Nacht nichts gut war. Dass diese Nacht alles änderte. »Hey, soll ich dir noch was vorlesen? Wie wäre es ...«

»Er konnte nicht zahlen«, redete ich ihr dazwischen und dachte immer wieder an diesen erschrockenen Gesichtsausdruck, als der Mann zu Boden fiel.

»Was meinst du, mein Schatz?«

»Der tote Mann ... er konnte seine Schulden nicht bezahlen. Dafür hat Dad ihn erschossen.«

Mom presste ihre Lippen fest zusammen und starrte mich lange an. Dann schien sie einmal tief Luft zu holen.

»Wie wäre es mit Elliot, das Schmunzelmonster?«

NIKA

Als ich wach wurde, fühlte sich mein Kopf nicht gesund an. Hämmernde Kopfschmerzen ließen mich aufstöhnen, als ich die Lider öffnete und versuchte irgendwas zu sehen. Erst war das Bild verschwommen, dann wurde mir wieder klar, wo ich mich befand. Bei ihm!

Hastig drückte ich mich von der Matratze und sah auf mich herab. Ich war nackt. Völlig nackt.

»Ach, du Scheiße!« Sollte ich mich jetzt umdrehen? Wie hoch war die Wahrscheinlichkeit, nachdem dieser Penner von Panzerschrank mir irgendwas in den Hals gestochen hatte, dass Wood die Situation nicht ausgenutzt hatte.

»Morgen Dornröschen.«

Ich erschrak, als ich die Frau auf der anderen Seite des Zimmers in einem Sessel sitzen sah. Sie war blond, trug nur Unterwäsche, und war vermutlich eine seiner Nutten. Wie viele liefen von denen eigentlich hier herum?

Unbeteiligt blätterte sie in der Vogue herum. Natürlich. Als wüsste die Tussi in dem pinken Spitzen-BH, der ihr viel zu klein war, was Stil bedeutete.

»Hast du mich ausgezogen?«

Vermutlich. Meine Klamotten lagen direkt neben ihr auf dem zweiten Sessel.

»Wenn du glaubst, dass Darryl dich angefasst hat, muss ich dich enttäuschen. Er hat hier nicht geschlafen.« Ihr schien es eher egal zu sein, dafür freute es mich umso mehr.

»Mich enttäuscht es nur, dass ich immer noch hier bin. Bist du jetzt meine Aufpasserin, oder kommt der große Bulle nicht mehr, um mir irgendeine Droge in die Vene zu spritzen?«

Gott, mein Kopf fühlte sich an, als wäre ein Laster drüber gefahren und im Rückwärtsgang gleich noch mal.

»Darryl würde niemals zulassen, dass du Drogen bekommst. Du hast dich aufgeführt wie eine Irre, wir alle konnten dich bis unten hören«, sagte sie und blätterte seelenruhig in der Vogue herum.

»Wie viele, zum Teufel, seid ihr hier?«

»Acht«, antwortete sie ungerührt.

»Acht?« Dieser Dreckskerl war nicht nur ein Dreckskerl, er tat auch so einiges, dass ich gar nicht anders über den - na ja, Dreckskerl - denken konnte.

Wunderbar. Mein Dad hatte immer jeden Kerl, der mir näher als zehn Meter kommen wollte, dank seiner Bodyguards ferngehalten. Wenn jemand mutiger war, schaffte er fünf und brach sich »aus Versehen« ein paar Knochen. Und jetzt hatte er mich Darryl Wood übergeben? Sein größter Konkurrent und Feind Nummer eins auf seiner langen Liste der Feinde, wohlgemerkt. Dieser Kerl war ein Arsch, der sich hier halb nackte Weiber hielt! Korrigiere: Acht davon!

»Du brauchst nicht so zu gucken.«

Jetzt starrte mich die Blondine wütend an. Was war denn jetzt ihr Problem? Ich hatte nicht vor ihrem Bett darauf gewartet, dass sie aufwacht. Ich war hier ganz sicher nicht das Problem.

»Wieso sollte ich denn so gucken? Weil du in Darryl Woods Haus lebst, ohne Klamotten? Hey, wenn du darauf stehst, die Nutte eines der mächtigsten Mafiabosse zu sein, ist das nicht mein Problem. In die Scheiße hast du dich selbst gebracht.«

Lange starrten wir uns an. Der Stoff ihrer Unterwäsche war leicht durchsichtig. Das konnte ich jetzt erkennen.

»Du bist wirklich nicht das, was ich erwartet habe«, sagte sie plötzlich, und schien nicht mal wütend über meine Worte zu sein. Jetzt war ich es, die verwirrt war. Immerhin wollte ich sie provozieren. Denn dann konnte ich weiterhin wütend sein. Auch das hier lief nicht nach Plan.

»Und was hast du erwartet?« Seufzend fuhr ich mir durchs Haar. Ich fühlte noch das Haarspray. Meine Augen klebten vom Make-up. Und mein Mund ... bäh ... wann fühlte ich mich jemals so dreckig?

»Das Bad ist gleich nebenan. Klamotten, Duschzeug ... alles ist da für dich.«

»Das ist ein Albtraum«, murmelte ich und schloss kurz die Augen.

»So schlimm ist es nicht. Wobei ... für dich ist es das vielleicht. Aber du wirst dich daran gewöhnen. Beeil dich lieber. In einer halben Stunde solltest du dich unten blicken lassen.«

»Warum?« Auch wenn sie noch nicht viel sagte, fühlte ich instinktiv, dass etwas nicht stimmte.

»Heute wirst du heiraten. Und Darryl wird auf deinen Alten treffen.«

Ich schluckte. Das war doch ein schlechter Witz! Die Blondine bemerkte meine starre Miene.

»Mach dir keine Sorgen. Wenn ihr beide erst einmal geheiratet habt, dann wird alles viel entspannter.«

Warum sah sie das so entspannt? Sie wusste doch, wer ich war. Wer mein Dad war. Sollte sie da nicht die gleiche Skepsis an den Tag legen, wie ich?

»Wie heißt du?«, fragte ich, weil ich das immer noch nicht wusste.

»Joyce. Aber alle nennen mich JJ, also kannst du das auch tun. Solange ich hier bin, werde ich mich um dich kümmern.«

»Solange du hier bist?«

Sie zuckte mit der Schulter, stand auf und lief zum Schrank, um diesen zu öffnen.

»Wir sind nur zu einem Zweck hier. Um den Männern ein paar nette Stunden zu spendieren. Im Gegenzug haben wir ein Dach über dem Kopf und bekommen alles, was wir wollen.«

»Moment. Ihr schlaft mit all diesen Männern?«

»Klar«, antwortete sie in einem beiläufigen Ton.

Jetzt war ich schon wieder baff. Ich dachte, Darryl hätte sie für sich hierher geholt und das las wohl auch JJ in meinen Gedanken.

»Darryl ist nicht so übel, wenn man ihn genauer kennt. Ich würde sagen, sieben von uns ... na ja, wir würden schon gerne Darryls Nummer eins sein, aber Claudia hatte da immer etwas mitzureden. Bis du kamst.«

Claudia ... das war die Tussi von gestern Abend.

»Ich will nicht die Nummer eins sein, ich will nicht mal ...« Seine Frau sein. Hier sein. Micael Vulkovas Tochter sein. Scheiße, ich will einfach frei sein!

JJ seufzte, legte mir Jeans und ein Oberteil aufs Bett und setzte sich wieder in den Sessel.

»Jetzt sind es nur noch 28 Minuten.«

Ich brauchte 33 weitere Minuten. Okay, eigentlich saß ich nach der Dusche noch einige Zeit auf dem Rand der Badewanne und starrte ins Leere. Aber als ich die Chance bekam, Darryl zu zeigen, was ich davon hielt, pünktlich beim Arschloch zu sein, nutzte ich sie.

JJ folgte mir hinaus. Darryls Bodyguard stand schon vor der Tür. Den Penner ignorierte ich sofort.

»Hier entlang. Guten Morgen, Charlie.« JJ grinste ihn an und natürlich grinste er nicht zurück. Gott, wie ich Igor vermisste. Er lächelte. Er redete und pfiff darauf, wer ich war.

Wir liefen die Treppe herunter, dann führte JJ mich in einen anderen Raum. Das Büro von Darryl war auf der anderen Seite. Das hatte ich mir gemerkt.

Jetzt befanden wir uns in einem Esszimmer. Es war größer als sein Büro und der circa vier Meter lange Tisch war befüllt mit so einigen leckeren Dingen.

Charlie hatte sich vor der Tür breitgemacht, JJ stand am Tisch und nahm sich ein Teller voll.

»Setz dich. Frühstücke, du wirst etwas im Magen brauchen.«

Ich schnaubte. Sie reagierte nicht.

»JJ«, begrüßte Darryl sie oder warnte sie. Keine Ahnung. Seine Stimme hatte immer den gleichen wütenden Tonfall.

»Guten Morgen, Darryl. Wie gewünscht, deine Braut.« JJ war schneller verschwunden als ich aufgrund ihres Satzes überhaupt reagieren konnte.

Er sah ihr nicht nach, obwohl sie nur Unterwäsche trug. Stattdessen starrte er mich an. Ausdruckslos. Darryl trug eine Jeans und ein weißes Hemd. Er schien frisch rasiert. Für ein so großes Arschloch sah er viel zu gut aus.

»Wie geht es dir?«

»Ich habe Kopfschmerzen, mein Hals tut weh und ich will nicht hier sein. Ich denke, dass du das schon weißt. Also, warum die Frage?« Ich verschränkte die Arme vor der Brust und blickte ihn betont lange an.

Einen langen Moment schaute er mich weiterhin an, dann zeigte er zum Tisch.

»Setz dich.«

»Ich will mich nicht ...«

»Das ist keine verdammte Bitte.«

Seufzend setzte ich mich an den riesengroßen Tisch. Darryl saß mir direkt gegenüber. Großartig.

»Das mit Charlie tut mir leid. Es war nicht geplant, dich zu betäuben.«

»Sicher«, schnaubte ich und ignorierte die kurze Verwirrung darüber, dass er sich tatsächlich entschuldigen wollte.

»Ich hatte auch nicht erwartet, dass du versuchen würdest, mich zu überwältigen«, sagte er und verriet wieder nicht, ob er noch wütend deswegen war.

»Keine Ahnung, wie ihr das hier handhabt, wenn ihr jemanden entführt, aber normalerweise nutzt man dann die Chance, abzuhauen.«

Seufzend lehnte er sich zurück. »Zum letzten Mal ...«

»Ich werde dich nicht heiraten!«

Wieder blickte er mich eine lange Zeit an, bevor er darauf etwas antwortete.

»Bei Micael zu bleiben, bis er dir irgendwann einen seiner Mafiabrüder aufdrängt, wäre also eine bessere Option?«

Meine Gesichtszüge entglitten mir. Und gerade war mir das egal, ob er es sehen konnte. Das war ja auch seine Absicht.

»Auch wenn ich im Westen nicht besonders beliebt bin, handeln dein Vater und ich einen Waffenstillstand aus. Frieden sozusagen. Alles, was du dafür tun musst, ist, mich zu heiraten. Und falls dich das nicht umstimmen wird, denk darüber nach, dass du nie die Wahl hattest deinen zukünftigen Mann auszusuchen. Nicht als Micael Vulkovas Tochter.«

Seine letzten Worte sollten mich verletzen. Das taten sie aber nicht. Denn im Grunde sagte er nichts, dass ich noch nicht wusste. Dad sprach selten darüber, aber es war klar, dass nicht einfach irgendein Kerl um meine Hand anhalten konnte. Verdammt, ich war vierundzwanzig Jahre alt. Musste ich mich wirklich schon damit auseinandersetzen? Musste ich mich damit auseinandersetzen, dass ich Darryl Wood tatsächlich als Heiratskandidaten akzeptieren musste? Wobei Kandidat es nicht ganz trifft. Für den Idioten und meinen Dad scheint die Sache ja geritzt.

»Warum tun Sie das?«, fragte ich ihn.

Kurzzeitig schien er mich etwas genauer zu mustern, als würde er bei mir die Antwort suchen und finden, denn er gab tatsächlich schnell eine Reaktion.

»Was für eine Antwort würde dir denn gefallen?«

»Das ist nicht witzig. Es geht hier auch um mein Leben. Das ich hier verbringen soll. Mit einem Wood!«, sprach ich verächtlich seinen Nachnamen aus.

Er sprang so schnell vom Stuhl auf, dass der Tisch vor mir wackelte. Ich versuchte nicht, vor Angst zurückzuschrecken. Der Versuch scheiterte.

Darryls Wut war greifbar und ich würde lügen, wenn es mich nicht freute. Immerhin war ich hier das Opfer, durfte nicht gehen und sollte den Kerl vor mir heiraten.

Er lehnte sich auf den Tisch mit den Händen und beugte sich etwas vor.

»Du willst also frei sein? Selbst entscheiden, wen du heiratest. Selbst entscheiden, was mit dir passieren soll.«

Ich nickte nicht. Ich gab gar keine Antwort.

»Es wird dich überraschen, aber du hast nicht die Befugnis, für dich zu entscheiden, Nika. Das hattest du nie!«

Lang starrte er mich an, aber wenn er dachte, dass ich immer noch etwas sagen würde, dann irrte er sich. Es gab nichts zu sagen. Auch wenn Darryl ein Fremder war, ein Feind ... hatte er dennoch recht.

 DARRYL

Mein Anzug saß perfekt. Die Musik spielte schon leise Töne, die Gäste waren angespannt und neugierig. Die wenigen, die ich einlud, mussten ihre Waffen draußen lassen. Keiner konnte so ganz verstehen, warum ich mich darauf einließ. Mich darauf einließ, den Erzfeind in mein Haus zu holen. Niemand hatte Mut genug meine Entscheidung laut anzuzweifeln. Sie wussten, das würde Konsequenzen mit sich tragen.

JJ versprach mir, dass sie und ein paar Mädels die Braut pünktlich zurechtgemacht bekämen. Fünf Minuten vor der Trauung war noch immer nichts von ihnen zu sehen. Von Micael übrigens auch nicht. Ich wusste nur, dass er bereits angefahren kam. Charlie stand neben mir und hielt mich auf dem Laufenden.

Wir würden die Trauung in unserem kleinen Salon halten. Die Feier würde dann in der größeren Halle stattfinden. Das war einer der wenigen Momente, in denen ich froh war, dieses 850-Quadratmeter-Haus gekauft zu haben.

»Er kommt, Boss. Unbewaffnet. Vier weitere Männer sind als seine ...«, erklärte Charlie, aber da stand er schon in der Tür. Alle Blicke folgten ihm, einige tuschelten sofort, andere hätten wohl am liebsten direkt zu ihren Waffen gegriffen. Ich hatte nur diejenigen aus der Stadt eingeladen, denen ich soweit vertraute, dass sie sich auf meiner Hochzeit zusammenreißen konnten. Die, die fehlten ... fehlten aus einem bestimmten Grund; und ehrlich ... für Nika war das alles schon schwer genug. Ich wollte sie mit einer kleinen Feier beruhigen. Wenn das überhaupt möglich war.

Micael stand an der Tür und ich lief direkt auf ihn zu. Wenn Nika noch etwas Zeit bräuchte, dann könnte ich mit ihm schon einmal alles durchgehen.

Es war das erste Mal ... das erste Mal, dass ich einem Vulkova gegenüber stand. Moment ... Nika ist doch auch ...

Ich ignorierte den Gedanken, dass ich sie nicht mal mehr eine »Vulkova« schimpfte, und blieb vor dem Mann stehen, der so viele meiner Männer umgebracht hatte. Lächerlicherweise war er einen ganzen Kopf kleiner als ich. Micael trug kurze graue Haare und eine Brille. Eine Brille, die seine Scharfsinnigkeit unterstrich. Er hatte diesen Blick ... Micael nahm in weniger als fünf Sekunden alles in dem kleinen Salon auf. Er grinste, vermutlich wegen der Dekoration.

»Rosa Rosen. Ich bin beeindruckt.« Seine Stimme klang genauso böse, wie ich sie in Erinnerung hatte. Dieser Mann hatte seine Tochter verkauft, also was wunderte mich das noch? »Ihre Lieblingsblumen.« Auch das kommentierte ich nicht. Es ging ihn ab sofort einen Scheiß an, was Nika betraf. Das würde ich auch schriftlich von ihm wollen.

»Nika braucht noch einen Moment.« Keine Ahnung, ob das stimmte, aber Charlie, der direkt hinter mir stand, hatte den Wink verstanden. Er würde die

Mädels aufhalten, wenn es sein musste. »Wir könnten vielleicht schon mal das Geschäftliche regeln. In meinem Büro?«

Micael starrte mich einen langen Moment an. Die vier Bullen hinter ihm wurden langsam unruhig. Sie waren es sicher nicht gewohnt, in die Höhle des Löwens einzumarschieren, und das ohne eine einzige Waffe.

»Natürlich.«

Er folgte Charlie ins Büro und schickte dann seine Bullen hinaus. Mit einem Nicken bat ich auch Charlie, zu gehen. Er zeigte deutlich sein Missfallen, aber darauf konnte ich keine Rücksicht nehmen.

»Ich muss schon sagen, Darryl. Ein wunderschönes Haus hast du hier.« Er begutachtete meine Bilder, für die ich so einiges hingeblättert hatte, und ich ignorierte seinen gespielt freundschaftlichen Ton. Denn es gab zwischen uns so einiges, aber sicherlich keine Freundschaft.

»Danke. Ich habe dir hier den Vertrag vorbereitet. Hast du ihn bereits gelesen?« Ich hatte ihm gestern einen zum Durchlesen geschickt. Und so wie er grinste, hatte er seine Hausaufgaben gemacht.

»Sicher. Ich muss sagen, du hast einen sehr fairen Vertrag ausgehandelt. Offene Grenzen, Waffenstillstand, dazu Nika ... unversehrt, bis zu deinem Lebensende. Wer, wenn nicht du, wäre der perfekte Ehemann für Nika?«

Bastard! Er verkaufte seine einzige Tochter an den Feind, um offene Grenzen zu bekommen, um seinen Dreck überallhin verkaufen zu können. Und ich Idiot schlug zu.

»Unterschreib. Der Vertrag wird nichtig, sobald der Waffenstillstand nicht eingehalten wird.«

»Natürlich«, antwortete Micael schnaubend, als wäre dieser Aspekt völlig absurd und setzte seinen Namen unter den Vertrag.

»Dad ...«

Sie stand plötzlich so schnell in der Tür, dass nicht mal Charlie reagieren konnte. Er stand verwirrt hinter ihr.

Nika sah wunderschön aus ... das Kleid saß perfekt. Sie war perfekt.

Ihr Gesicht sagte aber etwas anderes. Natürlich. Sie sah den Mann, der ihr gerade das Schlimmste antat, was man einer Tochter antun konnte. Sie verkaufen, nur um selbst daran noch zu verdienen.

»Nika, mein Kind.« Er lächelte sie so freundlich an, dass jetzt ich es war, der für Nika die Wut übernahm. Micael ging auf sie zu, um sie rechts und links auf die Wange zu küssen. Ihr gesamter Körper versteifte sich, und er schien es nicht zu bemerken oder ignorierte es. Ich tippte auf Letzteres. »Gut siehst du aus. Darryl und ich klären noch eben die Details und dann kommen wir. Verstanden?«

»Die Details?«, flüsterte sie und schaute über seine Schulter. Ihr Blick glitt erst zu mir, dann auf das Stück Papier.

»Wie viel hast du in meinem Namen bekommen?«, fragte sie jetzt mit einer etwas festeren Stimme.

»Nika«, warnte Micael sie.

»Was, Dad?«, sprach sie verächtlich und machte mich damit etwas stolz. Wer würde sich schon trauen, Micael Vulkova so anzufahren? »Du hältst es also für total normal, mich an den Feind auszuliefern. Du hast mir nicht mal die Chance gegeben, mich von meinem Leben in L.A. zu verabschieden. Du ...«

Micael packte sich Nikas nacktes Handgelenk. »Stelle meine Entscheidungen niemals in Frage. Hast du ...« Charlie wollte sich einmischen, ich schüttelte allerdings den Kopf. Das würde ich übernehmen.

»Ich denke, Nika hat allen Grund, ihren Gefühlen freien Lauf zu lassen, Micael. Lass sie los!« Es sollte wie eine Bitte klingen, tat es aber nicht. Mich pisste es an, dass er meinte, mit Nika umzugehen, wie er es für richtig hielt. Aber was erwartete ich von einem Mafiaoberhaupt?

Micael starrte mich so hasserfüllt an, dass ich jetzt, da seine Tochter ihn aus der Reserve gelockt hatte, seine wahren Gefühle sehen konnte. Er hasste mich. Micael hasste die Woods abgrundtief und nur Nika war der Grund, warum ich diesen Waffenstillstand überhaupt eingegangen war. Der größere Umsatz, die Chance, das Geschäft auszubauen war der Bonus dazu.

»Da kommt der Ehemann schon raus, was?«, lachte Micael und ließ sie tatsächlich los. »Nika wird es gut bei dir haben. Ich besorge mir mal einen Drink. Schick mir eine Kopie des Vertrages, mein Sohn.« Mein Sohn? Ich wüsste nicht, wer weiter davon entfernt war, mich so zu nennen!

Er nickte seiner Tochter kühl entgegen. »Nika.« Dann ging er aus dem Zimmer.

»Ist alles in Ordnung?«, fragte ich sie, während meine zukünftige Frau eine ganze Weile Micael nachsah.

»Hast du den Vertrag auch unterschrieben?«, fragte sie, ohne mich anzusehen.

»Ja.«

»Dann haben wir uns nichts mehr zu sagen.« Auch sie ließ mich stehen.

NIKA

Ich saß auf dem Bett und trug immer noch mein Hochzeitskleid. Wie surreal war das hier eigentlich?

Mein eigener Vater hatte mich an seinen Erzfeind verkauft. Seine einzige Tochter.

Nachdem ich darüber gelacht hatte, heulte ich. Was ich hier niemals tun wollte. Ich wollte einfach keine Schwäche zeigen. Und doch holte mich alles ein. Die Wut, der Hass, diese Hilflosigkeit ... und dann glitt die Tür auf.

Er kommt, um das einzufordern, was ich ihm mit der Heirat zugestanden habe.

Darryl stand ohne Sakko und mit einem Drink in der Hand im Türrahmen. Das Licht erhellte das Zimmer etwas und mein Puls schoss in die Höhe.

»Versteckst du dich vor mir?«

Was für eine Frage. Wo sollte ich anders hin? In die Zimmer der Nutten? Bei Charlie unterkommen? Den Sarkasmus konnte er sich sparen.

»Ich kann mich nicht vor dir oder meinem Vater verstecken. Also hör auf, so zu tun, als könnte ich mich irgendwohin zurückziehen. Du findest mich ja doch«, antwortete ich ihm. Meine Stimme klang viel zu resigniert, aber was sollte ich auch tun? Es war sein Haus. Ich war seine Frau. Vorsichtig tastete ich mein Bein ab. Die Klinge spürte ich. Plötzlich überkam mich so etwas wie Erleichterung. Auch wenn es nicht die Antwort für alles war. Sie gab mir zumindest jetzt ein gutes Gefühl.

»Zumindest siehst du es ein«, betonte er, kam ins Zimmer und stellte sein Glas ab. Er hatte die Krawatte gelöst. Das Hemd stand zwei Knöpfe weit offen. Er sah toll aus und deswegen musste ich mir schnell einreden, wen ich da gerade so toll fand.

 Darryl

Sie sah wunderschön aus. Den ganzen Tag über konnte ich nicht aufhören, sie in diesem Kleid zu sehen. Auch wenn sie es sich nicht ausgesucht hatte, gefiel es ihr. Das konnte man sehen, weil sie sicher in dem Kleid lief. Nika hatte viel zu verdauen, aber ihr Selbstbewusstsein war ihr nicht abhanden gekommen.

Die Seide schmiegte sich wie eine zweite Haut an ihren Körper und ließ gar keinen anderen Gedanken zu, als sie in diesem Kleid vögeln zu wollen. Nur leider verhielt meine Frau sich noch immer wie eine geborene Zicke.

»Du bist meine Frau, Nika. Also werde ich auch die Dinge tun, die ich mit meiner Frau tun will.«

Ohne zu Zögern zog ich sie hoch zu mir. Sie machte kein einziges Geräusch, blickte mich nur mit diesen ausdrucksstarken Augen an.

Ihr Parfum vermischte sich mit dem Duft ihrer Haut … sie roch nach Blumen, nach Pfirsich, nach … meiner Frau.

»Nika …« Nicht mal mehr meine Stimme konnte sich halten, als mir klar wurde, wie nah sie mir war. Ihr Körper presste sich an meinen. Mein Schwanz stand wie eine Eins, und wenn ich zuvor nicht solche Probleme gehabt hätte, überhaupt zu kommen, wäre es eine ganz normale natürliche Reaktion gewesen.

Aber das war es nicht. Sie war 24 Stunden hier, und schon war mir klar, dass sie mehr in mir veränderte, als irgendjemand zuvor.

»Fass. Mich. Nicht. An!«

Ich war völlig in Gedanken versunken, als ich die scharfe Klinge an meinem Hals spürte. Nika hielt mir ein Messer an die Kehle gedrückt. Das glaub ich jetzt nicht.

»Was soll das werden?«

Ihre Hände zitterten nicht mal. Ob sie nervös war, konnte ich in der Dunkelheit kaum erkennen. So langsam schien sie Gefallen daran gefunden zu haben, mich in meinem eigenen Schlafzimmer zu bedrohen.

»Ich habe dich geheiratet, das heißt aber nicht, dass ich auch das Bett mit dir teilen werde!«, stellte sie klar und drückte die Klinge noch etwas fester an meine Kehle. Der Schmerz wurde schlimmer, aber ich biss mir lieber auf die Zunge, als zu sagen, was sie in mir auslöste. Was dieses verdammte Messer in mir auslöste.

»Was glaubst du eigentlich, wie das hier ablaufen soll?«

Sie zuckte unschuldig mit ihrer nackten Schulter.

»Du hast bekommen, was du wolltest. Mein Dad spielt den Waffenstillstand vor und du darfst dich mein Ehemann schimpfen. Mehr bekommst du von mir nicht!«

Sie wartete ab, ließ das Messer nicht fallen und ich dachte darüber nach, ihr nur noch Plastikbesteck zu geben.

Und da ich keinerlei Interesse daran hatte, mir von meiner Frau in unserer Hochzeitsnacht die Kehle aufschlitzen zu lassen, nahm ich ein paar Schritte

Abstand. Ich konnte die Erleichterung spüren, als sie sich sichtlich entspannte.

»Das hier ist noch nicht vorbei. Du bist meine Frau«, erklärte ich ihr angepisst.

»Auf dem Papier«, konterte sie; und ehrlich, wäre ich nicht so sauer, hätte ich vielleicht noch über ihre Schlagfertigkeit gegrinst. Aber nicht heute.

»Wehe du verlässt dieses Zimmer«, fauchte ich und ließ sie allein. Ich warf die Tür wütend zu. Charlie stand wie immer direkt davor und wartete darauf, ob er mir folgen sollte.

»Stell John oder Rick vor ihrem Zimmer ab. Überschreitet sie die Türschwelle oder haut sie übers Fenster ab, dann erschießt sie.«

Charlies Augenbraue flog in die Höhe. Ach, auf einmal hatte er Skrupel sie abzuknallen? Wobei ... das war jetzt auch nicht meine Absicht gewesen. Nicht vor dem Messerangriff.

»Schießt ihr ins Bein. Hauptsache, sie lernt daraus.«

Charlie nickte, dann stampfte ich die Treppe herunter. Er folgte mir wenige Augenblicke später. Immerhin musste er John oder Rick die Anweisungen geben, meiner Frau ins Bein zu schießen, wenn sie fliehen wollte. Fuck, wie verrückt sich das anhört.

So mancher Scheiß war Alltag hier geworden, aber diese Anweisung? Und das alles nur, weil sie nicht begriff, wem sie jetzt gehörte.

Die Bürotür stand schon offen. Ich ignorierte die Cateringleute, die abbauten. Ich ignorierte die Mädels, die in den Fluren standen und mich irritiert anblickten. Ja, verfickt noch mal! Ich würde auch lieber meine Frau ficken. Danke, dass ihr euch die gleiche

Frage stellt wie ich: Was zum Teufel machte er hier unten und warum ist er nicht bei seiner Frau?!

Alkohol half bekanntlich. Und da ich mein Glas bei ihr oben vergessen hatte, schüttete ich mir schnell einen neuen Bourbon ein. Diesmal ohne Eis. Diesmal einen Doppelten.

Schnell kippte ich mir diesen in den Rachen und starrte dabei meine Wand an.

»Ähm, Boss. Soll Andie das Catering bezahlen? Die wollen ihre Kohle«, linste JJ vorsichtig in mein Büro und zwinkerte Charlie zu. Der war wie immer leise in mein Büro geschlichen. Nur diesmal schmunzelte er kurz. Das passierte immer öfters, wenn JJ den Raum betrat. »Wo ist deine Frau?«

Natürlich musste sie fragen. Keiner hatte die Eier in der Hose dies zu tun. Alle starrten nur und dachten sich ihren Teil. Aber nicht JJ. Sie sagte, was sie dachte. Und bis zu einem gewissen Grad fand ich das auch ziemlich interessant. Nur jetzt nicht.

»Wir sind verheiratet, aber sie muss mir sicher nicht am Arsch hängen, oder?«, brüllte ich und wie gedacht, zuckte sie nicht zusammen. Ihr schuldiger Blick war alles, was von ihr kam.

Sie schloss die Tür hinter sich.

»Sorry, ich wollte sicher nicht ...«

»Du hast aber, JJ!«

Sie lehnte an der Tür und wieder einmal wurde mir ihre Schönheit bewusst. Sie liefen alle hier fast nackt herum, das wurde zur Gewohnheit. Dennoch erkannte ich Schönheit, wenn sie vor mir stand. Und da meine heilige Ehefrau da oben meinte, sich mir zu verweigern, könnte ich ja ...

Verdammt, ich war Darryl Wood. Der Wood, der die meisten Nutten um sich geschart hatte. Nicht mal mein Wichser von Vater konnte sich acht Weiber im Haus halten. Dazu war Mom einfach viel zu sehr Frau und besaß Charakter.

»Komm her, JJ«, sagte ich und setzte mich in meinen Ledersessel.

Ihre Augen weiteten sich. Denn wann hatte ich sie das letzte Mal gehabt? Das war Monate her. Sie hing öfters allein ab, und soweit ich das wusste, beglückte sie in letzter Zeit die Security.

JJ schien kurz zu zögern, lief dann aber langsam auf mich zu. Sie wusste ganz genau, wie sie ihre Hüften zu bewegen hatte. In diesem roten BH und dem Spitzenhöschen war ihr bewusst, wie sie auf Männer wirkte. Vorhin trugen sie alle wegen der Hochzeit Klamotten, ich war verdammt froh, dass alle Weiber verstanden hatten, wie ich sie am liebsten hatte.

Kurz vor meinen Füßen blieb sie stehen und kaute auf der Lippe. War sie nervös? Das konnte nicht sein.

»Was ist los?«, fragte ich, wobei mir das eigentlich scheißegal sein sollte.

»Sei nicht böse, aber du bist frisch verheiratet. Sollte nicht sie, für …«

Ich griff nach ihrer Hand und zog sie auf meinen Schoß. Sie spürte meine Erektion, denn ihre Augen weiteten sich etwas. Auch wenn sie zögerte, sie war eine Schlampe. JJ wusste, warum sie hier war. Sicher nicht, um mir ein schlechtes Gewissen einzureden.

»Aber wenn ich dich will?«, flüsterte ich und berührte ihre Titten. Der BH war schon viel zu klein für ihre Titten, die mehr als eine Handvoll groß waren.

Sie schloss die Augen und stöhnte. JJ war schon immer empfänglich für meine Berührungen gewesen. Ihre langen blonden Haare fielen ihr fast bis auf den Arsch. Nika trägt sie etwas kürzer. Stopp! Sie ist jetzt nicht Thema.

Dann klopfte es an der Tür, sie wurde aufgerissen und jemand holte keuchend Luft.

Ich musste an JJ vorbeischauen, damit ich sehen konnte, wer es war und erstarrte.

Nikas geschocktes Gesicht zeigte sie mir nur wenige Sekunden, dann verschränkte sie die Arme vor der Brust und lächelte gespielt fröhlich.

Andie stand hinter ihr und schaute etwas bedröppelt drein.

»Ich will mein eigenes Zimmer!«, forderte sie plötzlich.

Ich drückte JJ von mir herunter, wobei ich da nicht mehr viel helfen musste. Sie wollte auch nicht mehr in meiner Nähe sein.

»Was willst du?«

»Du glaubst doch wohl wirklich nicht, dass ich mit dir in einem Bett schlafe. Vor allem nicht, nachdem du JJ und die anderen durchgevögelt hast!«, keifte sie zurück.

»Ich müsste sie nicht vögeln, wenn ...« Was tat ich hier eigentlich? Meine eigene Ehefrau machte mich vor meinen Leuten runter, weil sie mich nicht ranließ! »Hatte ich nicht gesagt, dass sie das Zimmer nicht verlassen soll?«

Meine Wut wendete sich jetzt gegen Charlie und Andie.

»Ja, aber Boss, sie ist ...«, versuchte Andie zu sagen, aber ich ließ ihn nicht ausreden. Ich war im Recht. Punkt.

»Meinen Anweisungen hat jeder Folge zu leisten!«

»Natürlich. Damit du hier in Ruhe ficken kannst, während ich wie die gute alte Hausfrau in deinem Bett auf dich warte? Vergiss es. Ich werde mit dir sicher nicht unter einer Decke schlafen.« Nikas angewiderter Gesichtsausdruck gab mir den Rest.

»Bringt sie nach oben. Und wenn ich sie noch einmal hier unten sehe, dann schieß ich statt ihr euch beiden ins Bein. Ist das klar?«

Andie nickte, griff sich Nika und zog sie hinaus. Charlie gab ich mit einem Nicken zu verstehen, dass er zur Vorsicht hinterhergehen sollte. Er nickte, blickte aber kurz noch zu JJ. Dann waren sie endlich weg.

»Ich mag sie, Boss«, kam es plötzlich von JJ.

Na toll. Jetzt beginnt mein Fickmaterial auch noch über meine Frau zu reden.

»Ausziehen!«, befahl ich und schaute auf ihren Slip. Wieder schien sie kurz zu zögern, dann tat sie aber das, was ich von ihr wollte.

Ihr Slip fiel zu Boden, dann wartete sie, bis ich auf sie zuging.

Sie schluckte mehrmals. Warum zum Teufel reagierte Nika nicht so auf mich?

»Ich wette, du bist feucht«, schlussfolgerte ich und grinste, als ich mit meinem Finger die Nässe in ihrer Muschi spüren konnte. Sie stöhnte und war genau das, was ich wollte.

Ich drückte sie an die Wand, während mein Finger weiter ihre Feuchte massierte. Sie wurde lauter und ich genoss diese Geräusche.

»Ja genau, du willst es. Du willst kommen«, flüsterte ich und küsste ihren Hals. Sie roch nicht schlecht, aber sie roch nicht nach ... ihr.

Verdammt noch mal! Sie ist feucht, sie stöhnt, sie ist willig. Trotzdem ist sie nicht die, die ich will.

Frustriert über mich selbst, über meine Frau und die gesamte beschissene Situation ließ ich von ihr ab. JJ brauchte selbst ein paar Momente, um wieder klar zu kommen.

Ich fuhr mir durch mein Haar und holte tief Luft.

»Hab ich etwas falsch gemacht?«, fragte sie leise nach.

»Nein, verdammt!«, antwortete ich und ließ mich in den Sessel zurückfallen.

»Puh, da bin ich aber beruhigt«, grinste sie und zog sich ihren Slip wieder hoch. »Ich mag Nika. Sie wäre sicher eine tolle Freundin. Deswegen wird das nächste Aufeinandertreffen bestimmt nicht so nett.«

JJ plapperte immer viel und kapierte nie, dass das keiner hören wollte. Nur diesmal schien es mich wirklich zu interessieren. Vermutlich weil sie von meiner Frau redete.

»Sie schien ganz schön sauer zu sein«, plapperte sie weiter.

»Kein Wunder. Sie hat mich geheiratet«, antwortete ich und schnaubte.

»Oh, ich erkenne Eifersucht, Boss. Und Nika wäre explodiert, wenn Andie sie nicht weggebracht hätte.«

Jetzt interessierte es mich wirklich, was sie zu erzählen hatte. Und sie bemerkte meine Neugier.

»Auch wenn sie diese Heirat nicht wollte, akzeptiert sie es. Sonst würde sie es nicht stören, dass du mit mir rumgemacht hast!«

»Dir ist schon aufgefallen, dass sie ein anderes Zimmer will?«

JJ zuckte mit der Schulter.

»Sie ist nicht wie Claudia oder ich. Es wäre ja schon irgendwie schade, wenn ein Kaliber wie Nika, eine Vulkova, so leicht zu haben wäre, oder?«

Sie wollte mir wirklich weismachen, dass Nika eifersüchtig war?

»Was zum Teufel wollt ihr Frauen eigentlich?«, stellte ich die Frage in den Raum, die mich verdammt verzweifelt wirken ließ. Aber wozu lügen? Ich hatte absolut keine Ahnung, wie ich das mit Nika gut hinbekommen konnte.

»Zeit, Boss. Wäre ich gezwungen, jemanden zu heiraten, den ich als Feind ansehe, na ja ... dann bräuchte ich einfach Zeit.«

»Zeit«, murmelte ich und versuchte mit dem Wort etwas anzufangen.

»Auch wenn ich meinen Job mag. Es hilft nicht, wenn du eine von uns mit in dein Zimmer ... du weißt schon.«

Ich seufzte. »Glaub mir. Das hat mir gerade nicht so viel Spaß gemacht, wie es früher gemacht hat.«

JJ grinste. »Gut, dann ... geh ich mal rüber und mach Charlie glücklich. Wenn das denn okay ist, Boss?«

Ich nickte. Was sollte ich denn anderes machen? Den Männern ihren Spaß nehmen, weil ich keinen hatte?

Und dann fiel mir noch etwas auf. Nikas Satz: »Du hast bekommen, was du wolltest. Mein Dad spielt den Waffenstillstand vor und du darfst dich mein Ehemann schimpfen. Mehr bekommst du von mir nicht!«

Sie redete von »vorspielen.« Nika tat das unbewusst, aber vermutlich hatte sie damit recht ...

 NIKA

Dieser Wichser!

Ich schminkte mich wutentbrannt ab. Natürlich hatte ich kein anderes Zimmer bekommen. Darryl schien auch lieber an JJ dran zu kleben, als an mich und meine Wünsche zu denken. Pah, und ich wollte mich wegen des Messers entschuldigen.

Ja, er wollte Sex. Aber war das so überraschend? Nein. Immerhin hatte ich ihn geheiratet und …

Ich warf die Zahnbürste wütend vor den Spiegel. Er holte sich doch jetzt das, was ich ihm verwehrt hatte. Was war also mein Problem?

»Er hat mich geheiratet, das ist mein Problem«, sprach ich mit meinem Spiegelbild. Ich trug nur einen Bademantel. Heute Morgen war der Kleiderschrank plötzlich gefüllt. Aber nur weniges gefiel mir wirklich. Seufzend lief ich ins Schlafzimmer zurück. Eigentlich hätte ich versuchen sollen, noch mal abzuhauen. Aber was war der Preis? Die Wahrscheinlichkeit erschossen zu werden war höher, als bis zum Tor zu kommen. Dazu war Darryls Anwesen zu gut bewacht.

Und jetzt trieb es mein Ehemann mit JJ. Toll. Wie war das damals noch? Als kleines Mädchen träumte ich von meinem Märchenprinzen, der mich irgendwann heiraten würde. Das war vor der ganzen Mafiascheiße.

Als ich damals mitbekam, was Dad für einen Job machte, gab es keinen Märchenprinzen mehr.

Und jetzt war ich mit Darryl Wood verheiratet. Ich blickte meinen Ehering an, als ich mich aufs Bett setzte. Er war schön. Mindestens ein Jahrhundert alt, wenn ich mir den Stein und die schöne Verschnörkelung ansah. Aber er war mir von einem Wood auf die Finger geschoben worden.

Irgendwann legte ich mich schlafen. Auch die Müdigkeit siegte irgendwann.

Verschwommen nahm ich ein Geräusch war. Aber ich war zu müde, um mich darum zu kümmern. Und es war mir auch egal.

Die Sonne schien etwas durch die Vorhänge, als ich aufwachte. Ich stand auf und sah das Kissen und die Decke auf dem Sofa. Hatte Darryl dort geschlafen? Die andere Seite des Bettes war nicht genutzt. Das konnte ich an der Bettdecke sehen.

»Guten Morgen!«

JJ kam hereinspaziert und zog die Vorhänge auf. Ich blinzelte gegen die Sonne an.

»Hach, was ein schöner Tag.«

Heute trug sie Weiß. Wie die Unschuld. Ich könnte jetzt echt einen Drink gebrauchen. Denn die Frau, die meinem Mann gestern vermutlich den Verstand herausgevögelt hatte, zeigte mir ihren knackigen kleinen Hintern.

»Komm, raus aus den Federn. Du hast bestimmt Hunger. Frühstück ist schon fertig.«

Sie lächelte aufrichtig. Zumindest dachte ich das im ersten Augenblick. Aber dann kam mir das gestrige Bild wieder in den Kopf. Sie auf seinem Schoß. Und es schien beide nicht mal zu überraschen, dass ich sie erwischte. Oh Mann, soll ich das jetzt ein Leben lang mitmachen?

»Alles in Ordnung?«, hörte ich dann plötzlich von ihr.

Nein! Doch! Ich fühle mich beschissen. Du bist schuld. Du Nutte!

»Natürlich«, antwortete ich stattdessen, stand auf und verschwand im Badezimmer.

Wenn sie meinte, ich würde mir noch die Blöße geben, irgendwas über die Sache gestern zu sagen, dann hatte sie sich getäuscht.

Diesmal nahm ich mir kaum Zeit. Ich ging nicht duschen, schminkte mich nicht, tat nichts, was andeutete, dass mir mein Aussehen hier wichtig wäre. Wen sollte ich auch beeindrucken? Darryl Wood? Schnaubend lief ich mit JJ hinunter. Immer wieder blickte sie mich fragend an. Dennoch ignorierte ich es.

»Morgen, Mädels«, begrüßte JJ einige Frauen, die unten herumliefen. Selbstverständlich wieder nur in Unterwäsche bekleidet.

Statt ihr auch einen schönen Morgen zu wünschen, sagten sie nichts und liefen einfach weiter. Aber keine von ihnen ging ins Esszimmer, was mich beruhigte. Auch wenn JJ mich nervte, weil sie mir ständig hinterherlief. Es folgte uns sonst kein weiteres Mädchen. Mir war schon klar, was ihre Aufgaben hier waren. Sie waren einzig und allein für den Spaß da. Darryls Spaß.

Ich blieb im Türrahmen stehen, als ich sah, dass Darryl bereits an seinem Tisch saß. Er trug sein weißes Hemd, dazu Jeans und schien vertieft in seine Zeitung zu sein.

»Morgen, Boss. Hier, dein Weibchen.«

Weibchen? JJ grinste mich frech an und ließ uns dann allein. Dieses Mal wollte ich aber nicht, dass sie ging. Bevor ich sie bitten konnte zu bleiben, war sie schon wieder weg und stattdessen stand Charlie da. Groß, breit, kühl. Wie immer in den letzten zwei Tagen. Und dass dieser Penner mich betäubt hatte, würde ich auch nicht so schnell vergessen.

»Komm rein, Nika. Charlie kannst du noch so lange ansehen, das geht ihm am Arsch vorbei«, sagte Darryl und sah nicht mal von der Zeitung auf.

Schnaubend ging ich zum Tisch und setzte mich ihm gegenüber. Und es war merkwürdig.

Er trug den Ehering. Einen schlichten Silberring. Er war wie meiner designed.

»Alles okay?« Darryl hatte aufgesehen und musterte mich. Lang. Sehr lang.

Und das war mein Zeichen, wieder in meinem Zimmer zu verschwinden.

Darryl folgte mir nicht, keiner seiner Lakaien. Bis Abends dann JJ in mein Zimmer geplatzt kam ... und der Abend seinen Lauf nahm.

NIKA

»Oh Gott, ist mir schlecht.«

Ich stützte mich über das Waschbecken und betete, nicht noch mal kotzen zu müssen. Wie viele Drinks waren an meiner Situation schuld gewesen? Nach dem fünften hatte ich aufgehört zu zählen. Und JJ hatte noch mehr. Daran konnte ich mich erinnern.

Selbst nach der Dusche fühlte ich mich immer noch beschissen. Aber so richtig.

»Nika? Bist du im Bad?«, rief plötzlich JJ durch die geschlossene Tür.

»Warum klingst du so beschissen fröhlich?«, hakte ich frustriert nach und trocknete mein Gesicht ab. Das Wasser, das ich mir ins Gesicht gekippt hatte, half nur bedingt.

JJ lachte als Antwort, doch meinen Kopfschmerzen tat das nicht gut.

»Komm einfach runter. Du willst doch nicht zu spät bei deinem Mann sein.«

Meinem Mann? Darryl.

»Warte!«

Hastig öffnete ich die Tür und lief nur im Handtuch auf sie zu. Ich ignorierte wieder mal ihre Unterwäsche, denn sie war es nicht, die mit Darryl schlief.

JJ musterte mich von oben bis unten.

»Wow. Wenn du so runtergehen willst, sollte dir klar sein, dass du das Frühstück sein wirst.«

»Sehr witzig. Bist du dir sicher, dass Darryl betäubt war?« Ich blinzelte zur Couch rüber. Darryl war wie immer schon verschwunden, als ich aufgewacht war.

»Als du dich wieder ins Zimmer geschlichen hast, war er doch am Schlafen oder?«, hakte sie nach.

Ich nickte.

»Ja, dann mach dir doch keine Sorgen. Es läuft genauso, wie geplant!«

Wieder nickte ich, aber JJ's Grinsen gefiel mir nicht. Es war zu ... fröhlich.

Ja, warum war sie eigentlich so gut gelaunt? Sie hatte mehr Alkohol getrunken als ich!

»Warum geht es dir so gut, und mir nicht?«

Sie tätschelte meine Schulter und nahm sich sehr viel Zeit für die Antwort.

»Erfahrung, Süße. Erfahrung.«

Sie war nur wenige Monate älter als ich, wie sie mir gestern Nacht erzählt hatte. Aber umso mehr hatte sie schon erlebt ... deswegen sagte ich nichts weiter.

Ich ließ mir verdaaammt viel Zeit mit dem Anziehen. Zu viel, denn Charlie wurde draußen bereits ungeduldig. Er sagte nichts, aber sein wütender Ausdruck war Antwort genug.

Wie jeden Tag ignorierte ich die Nutten, die herumliefen, als gehörte ihnen dieses Haus, und lief ins Esszimmer. Darryl saß immer noch an seinem Tisch. Mist. Ich hab mir doch extra Zeit gelassen.

Verdammt nervös setzte ich mich ihm gegenüber. Was, wenn er doch etwas mitbekommen hatte? Seelenruhig las er in der Zeitung.

Ich griff mir ein Croissant, um wenigstens so tun zu können, als hätte ich Hunger.

»Gut geschlafen?«

Mir fiel das Croissant aus der Hand.

»Ja.« Hatte ich gestottert? Hoffentlich nicht. »Und du?«

Ich griff mir wieder das Croissant und legte es auf meinem Teller ab.

»Wie schläft man wohl auf einem Sofa?«

»Du hättest auch in eines der Gästezimmer gehen können. Ich halte dich sicher nicht davon ab«, keifte ich ihn an. Meine Wut und mein verletzter Stolz waren wieder da.

Er sah von der Zeitung auf und schaute mich mit diesen dunklen finsteren Augen an. Einen anderen Blick kannte ich von ihm nicht. Darryl schien immer getrieben von seinen dunklen Gedanken. War er wirklich nur böse? Befand sich gar nichts Gutes in ihm? Vielleicht wollte ich irgendeinen Funken sehen, der mir Hoffnung schenken könnte. Aber das war ein Traum. Mehr nicht. Immerhin redeten wir hier von Darryl Wood.

»Iss«, befahl er und trank von seinem Kaffee.

Mein Kopf pochte noch etwas, aber mein Verstand arbeitete schon auf Hochtouren. Darryl wusste nichts von gestern Nacht und war einfach wie immer Scheiße zu mir. Alles war bestens.

Beruhigt zupfte ich an meinem Croissant herum, als ich im Augenwinkel sah, wie er mir etwas hinlegte.

Meine Bewegungen stoppten. Mein Herz schlug schneller. Da lag ein Bild! Ein Bild von mir. Ein verdammtes Bild von mir, in diesem Club gestern Nacht. Der kurze Rock, die helle Bluse ... das war ich! Ich tanzte ausgelassen, und ein Kerl stand hinter mir, um sich mit mir zu bewegen. Oh Gott, er weiß es doch! Er weiß, dass ich abgehauen bin!

»Damit eines klar ist.« Ich zuckte regelrecht zusammen, als er hinter mir stand, um mir etwas ins Ohr zu flüstern. Kerzengerade blieb ich auf meinem Stuhl sitzen. »Sollte ich noch einmal sehen, dass irgendein Wichser Hand an mein Eigentum legt, wird derjenige seinen letzten Atemzug machen.«

Das war für ihn wohl Ansage genug, aber sicherlich nicht für mich.

Darryl hatte sich zurückgezogen, stand nicht mehr direkt hinter mir. Vielleicht verlieh mir das Mut.

»Seinen letzten Atemzug? Ist dir eigentlich klar, wie geistesgestört sich das anhört?«

»Du willst wirklich darüber reden, was für wunderbare Gedankengänge du hast? Reden wir also über letzte Nacht.« Er verschränkte die Arme vor der Brust, lehnte sich an den Esstisch und starrte mich wütend an. Das ist wirklich ein wütender Blick. Anscheinend konnte man ihn doch noch mehr reizen.

»Ich werde mich nicht dafür entschuldigen«, gab ich stolz von mir.

»Du hast das Anwesen verlassen. Ohne Erlaubnis. Ohne Schutz!«, brüllte er mich plötzlich an und ich zuckte kurz zusammen. Vielleicht hatte er es nicht gesehen. Ach was, der Mistkerl hatte es gesehen. Aber er konnte nicht anders. Er musste selbst den Frauen zeigen, wie groß sein Schwanz war. Also jetzt nicht bildlich gesprochen.

»Anscheinend wusstest du ganz genau, wo ich war! Also spiel jetzt hier nicht den Moralapostel. Das steht keinem Wood.«

Das war vermutlich doch zu viel. Er griff nach meinem Ellbogen und zog mich vom Stuhl.

»Du hast keine Ahnung, was ...«

Ich wollte mich seinem Griff entziehen, aber dazu waren wir uns viel zu nah. Darryl sprach nicht weiter, er betrachtete einfach mein Gesicht ... und ich tat dasselbe.

Er hatte kleine Lachfalten um die Augen. Wobei ... vom Lachen kamen die sicher nicht. Eher weil er immer so die Augen zu Schlitzen verengte.

»Ähm ... ich will nicht stören, aber ihr seid ziemlich laut ...«

JJ schaute nur mit dem Kopf hinein und versuchte sich an einem Lächeln.

»Du kannst direkt hierbleiben«, brüllte er und JJ kam schnell ins Zimmer. Jetzt hatte sie doch Schiss.

»Was gibt's?« Ihre Stimme zitterte leicht, aber sie versuchte es mit einem fröhlichen Gesichtsausdruck zu kaschieren.

»Welchen Dreck hast du mir gestern in den Drink getan?«, fragte Darryl sie, ohne mich aus den Augen zu lassen. Ich fühlte mich so nackt, trotz Jeans und Bluse, die ich trug.

»Ich weiß nicht, wovon ...«

»Du hast ihr geholfen, das Anwesen zu verlassen!«

Immer noch starrte er mich an und ich hatte das Gefühl, ihm mit meinem Blick standhalten zu müssen. Ich wollte auch nicht nachgeben. Meine Freiheit würde ich mir nicht nehmen lassen. Dad hatte sie mir schon genommen.

»Ach, komm schon, Boss. Wir brauchten ein bisschen Spaß und ihr ist nichts passiert ...«

»Ihr ist nichts passiert?«

»Okay, das reicht. Da mir der Appetit eh vergangen ist, werde ich mal gehen«, verkündete ich großspurig und lief los.

»Du bleibst hier«, brüllte Tarzan. Fehlte wirklich nur noch »der Dschungel und die Lederwindel.« Okay, meine Gedanken schweiften in eine völlig falsche Richtung ab.

Ich stürmte aus dem Esszimmer und da einige Weiber an der Treppe standen, lief ich in die entgegengesetzte Richtung. Hier war ich noch nicht gewesen und bewunderte erst einmal die wunderschöne Küche. Schon viel besser hier. Kein Darryl, keine Diskussionen mehr. Nur Charlie, der hinter mir stand.

»Ach, hallo Kindchen.«

Rosalie kam aus der Speisekammer und trug einen Sack Mehl mit sich. Sie schaute so ulkig aus. Ein langer bunter Rock, dazu eine mit Rüschen besetzte Schürze.

»Kommen Sie, ich helfe Ihnen.«

Schnell krallte ich mir den Sack von der anderen Seite und trug ihn dann mit ihr gemeinsam zur Küchentheke.

»Danke dir, Liebes.«

Rosalie war die gute Seele in diesem Haus. Sie war auf unserer Hochzeit, ich meinte auf der Hochzeit für alles verantwortlich gewesen.

Ich dachte an diesen Tag zurück.

Wir saßen alle im umdekorierten Esszimmer und warteten auf den dritten Gang. Es waren vielleicht achtzig Leute anwesend. Dad saß mir direkt gegenüber und lächelte mich immer wieder an, als würde er sich wirklich freuen. Nicht für mich, klar. Er hatte einen super Deal gemacht. Darryl saß neben mir, weil er jetzt mein Ehemann war. Mir wurde schon wieder schlecht.

Selbst alle seine Nutten saßen hier. Zwar in der hintersten Ecke. Aber sie waren hier.

»Hier Liebes.« Zwei Tabletten lagen plötzlich vor meiner Nase. Ich drehte mich um. Und da stand sie. Nicht mal ganz 1,50 m groß, aber mit den freundlichsten Augen dieser Welt. Sie erinnerten mich sofort an meine Mom.

»Für die Kopfschmerzen usw.« Was sie mit »und so weiter« meinte, war klar. Mir war schon die ganze Zeit kotzübel. Ich wurde hier verschachert. Ich wurde verkauft. An den Feind. Und nicht mal gefragt wurde ich.

»Alles in Ordnung, Liebes?«

Rosalie starrte mich an, während ich in meine eigenen Gedanken abgedriftet war.

»Sicher«, antwortete ich und versuchte mich an einem Lächeln. Aber sie bemerkte es.

»Kind, wenn du Kummer hast, dann kannst du immer zu mir kommen.«

Sie tätschelte mütterlich meine Hand, als würde sie das ernst meinen.

Warum arbeitete eine so liebe alte Frau in diesem Haus? Für diesen Mann?

»Danke, das ist lieb von Ihnen.«

»Rosalie. Einfach Rosalie. Darryl nennt mich aber Rosa.«

Wir lächelten uns einige Sekunden an.

»Danke dir, dass du mir geholfen hast. Ich bin nicht mehr die Jüngste und ...«

»Hast du das gehört, böser, großer Mann?«, sprach ich Charlie an, der direkt an der Tür stand. »Rosalie könnte mal Hilfe bei solchen Dingen brauchen.«

Der Spruch saß. Charlie verengte die Augen zu Schlitzen, bemerkte dann aber wohl selbst, dass der Idiot wirklich hätte helfen müssen.

»Schon gut, Charlie. Ich weiß ja, dass du nur das tust, was Darryl möchte. Du passt auf seine Frau auf.«

Sie war eine der Wenigen, die Darryl nicht »Boss«, sondern beim Namen nannte. Allgemein schien sie keine Angst vor ihm zu haben.

»Wieso bist du nicht bei deinem Mann?«, fragte sie mich, während Rosalie begann das Mehl abzumessen. »Kannst du mir mal die Schüssel geben?

»Weil er ein Arsch ist?«, erklärte ich und gab ihr die leere Schüssel. »Wobei das vermutlich einfach der normale Darryl ist. Großkotzig, unverschämt, krankhaft kontrollsüchtig.«

Rosalie grinste, während ich weitere Worte benutzte, die mir einfielen.

»Und er ist attraktiv. Sehr heiß, wie ihr jungen Leute gern sagt.«

Ich war etwas irritiert, weil sie versuchte wie »wir jungen Leute« zu reden.

Verträumt blickte sie hinaus aus dem Fenster.

»Ich sage dir, wäre ich dreißig Jahre jünger, dann ...«

»Okay, das wären zu viele Informationen.«

Rosalie lächelte und begann Eier aufzuschlagen.

»Nimm es dir nicht so zu Herzen. Darryl ist so aufgewachsen. Es läuft alles nach seiner Nase. Und du bist halt die erste Frau, die ihm zeigt, dass es auch anders laufen kann. Wobei ich ihn ja schon verstehen kann. Du bist gestern Nacht ausgebüchst.«

Sie schaute mich kurz schuldbewusst an, aber dann lächelte sie wieder aufrichtig.

Wenn ich den Ärger heute betrachtete, hätte ich wirklich gestern Nacht die Flucht ergreifen sollen, anstatt weiter zu feiern. Aber mein rationales Ich wusste, dass ich allein nicht weit gekommen wäre ...

# DARRYL

»Das ist Schwachsinn!«, betonte ich, während ich in mein Büro lief. JJ folgte mir auch hierhin. Diese Frau nervte vielleicht.

»Warum sollte das schwachsinnig sein, Boss? Ich bin eine Frau, und weiß somit, was wir Frauen wollen.«

Mit verschränkten Armen stand sie vor meinem Schreibtisch, während ich die ersten Berichte las.

Schon wieder hatte jemand in Queens herumgeballert. Zwei Leichen wurden aus dem Hudson gezogen, und eine Nutte hatte Ärger mit einem Freier. Sie schnitt ihm ein Ei ab. Ist doch sehr ruhig gewesen am Wochenende.

»Ich bin immer noch hier, Boss.«

»Seit wann bist du so aufmüpfig?«, fragte ich sie gereizt. Eigentlich hätte sie doch schuldbewusst wirken müssen. SIE war es, die Nika auf die bescheuerte Idee gebracht hatte, heimlich tanzen zu gehen. Und dennoch stand sie jetzt hier, als hätte ich etwas falsch gemacht.

Mein Schädel brummte immer noch leicht von dem Scheiß, den sie mir in meinen Drink getan hatte.

»Nika ist toll. Ich mag sie«, begann sie jetzt ruhiger zu sprechen. Schön, dass die beiden sich so wunderbar verstanden, dachte ich sarkastisch. »Ihr solltet euch besser kennenlernen.«

Zweifelnd schaute ich sie an.

»Ja, jetzt sieh mich nicht so an, als hätte ich etwas Falsches gesagt. Wir Frauen wollen halt ...« Sie machte eine Handbewegung durch mein Büro. »Verführt werden.«

Meine Augenbraue schoss in die Höhe, ich lehnte mich zurück in meinen Sessel und fragte mich nicht das erste Mal, was zum Teufel JJ hier machte?

»Oh bitte, wenn du glaubst, dass dieser Blick ihr helfen wird, dir zu vertrauen, dann irrst du dich. Nika hat Schiss. Schiss vor dir.«

»Sie hat Schiss?«, wiederholte ich ihre Worte fragend. Sie gab mir selten Anlass dazu, das zu glauben. Nika war zickig, nervig und ... machte mich damit total an. Die Mädels wussten, dass ich es gerne hart mochte. Aber sie sollten dabei zahm sein. Alles mit sich machen lassen, damit ich den Dominanten geben konnte. Und Nika war da völlig anders. Sie würde nicht kampflos aufgeben, und das törnte mich einfach nur an! Ich verstehe meinen Schwanz einfach nicht!

»Ihr verrückter Dad hat sie praktisch verkauft, Boss.«

Wieder mal wurde mir das vor den Kopf geworfen. Es reichte doch schon, dass Nika es bei jeder verdammten Gelegenheit sagen musste. Jetzt auch noch JJ.

»Boss, wir wären so weit«, erklärte Andie und wartete auf mich.

»Oh, heute ist Dienstag, richtig? Ihr geht wieder in den Central Park«, klatschte JJ fröhlich in die Hände, und auch Andie blickte mich an, als wäre JJ bereit mitzufahren, damit wir sie in der nächsten Psychoklinik abliefern konnten.

»Nimm deine Frau mit.«

Ich schnaubte, aber sie starrte mich nur an. Man hätte mir niemals geglaubt, dass sie gerade noch fröhlich gegrinst hatte.

»Okay, und was soll das bringen? Dir ist schon klar, dass wir nicht spazieren gehen«, erklärte ich ihr.

JJ verdrehte die Augen. »Du wirst es mir danken. Glaub mir.«

Ich seufzte. Sie hielt es wohl für ihren Sieg, denn sie drehte sich um und klatschte freudig in die Hände.

»Oder Charlie!«, rief ich ihr hinterher. JJ versteifte sich kurz, sagte dann aber natürlich nichts. Sie würde sicher nicht zugeben, dass da mehr lief, als erlaubt war.

Andie wartete noch immer auf mich, also machte ich mich auf die Suche nach meiner Frau. Charlie fand ich vor der Küche stehend, also war sie bei Rosa.

Ich lächelte. Das tat ich jedes Mal, wenn es um meine Lady Rosa ging. Sie kannte mich am besten, verstand mich, lehrte mich ... sie war verdammt noch mal die einzige Person - neben Charlie -, der ich aus der Zeit meines Dads vertraute.

Charlie nickte mir zu, zog sich dann zurück, weil den Mädels in der Küche sicher nichts passieren würde.

»Er ist so ...«, hörte ich plötzlich Nika sprechen. Abrupt blieb ich stehen, weil es mich auf einmal brennend interessierte, was sie zu sagen hatte.

»Du vertraust ihm nicht. Niemandem hier im Haus«, schlussfolgerte Rosa. Sie war gut in diesen Dingen. Vielleicht lag es an ihrem Alter oder ihren Erfahrungen. Aber ständig wusste sie, was ich dachte, worüber ich mir den Kopf zerbrach usw. Manchmal absolut nervtötend und doch war es oftmals erleichternd. Als wäre sie die Mutter, die ich Jahrzehnte nicht hatte.

»JJ ist wirklich nett«, begann Nika leise zu reden. Ich konnte sie nicht sehen, vielleicht wäre ich dann aufgeflogen. Also verharrte ich direkt hinter der Tür.

»Aber sie schläft mit ihm.« Nett, wie angewidert sie »ihm« betont hatte. »Das ist doch irre! Ich meine, ich kann mir nicht vorstellen, dass er mich unbedingt heiraten wollte. Er hat hier genug Frauen. Warum also sollte ich die liebe Ehefrau spielen, wenn wir beide nicht ...«

»Gibst du mir mal eine Zwiebel, Liebes?« Einen kurzen Moment sagte niemand etwas. »Danke dir. Ist es denn so schlimm, hier zu sein? Vermisst du dein altes Zuhause?«

Jetzt wurde ich neugierig. Nika gab eine ganze Weile keine Antwort.

»Es war nie ein Zuhause. Dad war praktisch nie anwesend, und wenn, dann war er nicht wegen mir dort. Und dennoch ... ich weiß, dass es hier anders läuft. Allein deine Anwesenheit ist schon etwas Tolles, Rosalie. Aber Darryl ist ... er ist wie mein Dad, und das ... das könnte ich auf Dauer nicht ertragen.«

Mein Herz pochte wie verrückt. Ich ballte meine Hände zu Fäusten.

Sie dachte, ich wäre wie ihr Vater? Wie Micael Vulkova? Dieser Bastard?

Charlie stand einige Meter von mir entfernt und musterte mich besorgt. Vermutlich sah ich gerade aus, als würde ich jeden Augenblick vor Wut platzen. Das wäre vielleicht auch passiert, wenn ich nicht über JJ's Worte nachdachte.

»Ihr verrückter Dad hat sie praktisch verkauft, Boss.«

Das hatte er. Weil es zu seinem Vorteil war. Nika bedeutete ihm nichts. Zumindest nicht so viel, dass er jemanden für sie wollte, der aus seinem Clan kam. Ihm war es egal, was mit ihr passierte. Sonst hätte er sich doch mal nach ihr erkundigt, oder?

Ihre Sachen waren noch immer nicht hier angekommen. Es interessierte ihn ganz einfach nicht mehr, was seiner Tochter passieren könnte. Nicht, dass ich irgendetwas vorhatte. Auch wenn die Kleine nerviger war, als zunächst gedacht, könnte ich ihr niemals ein Haar krümmen. Sie war so weit davon entfernt, sich eine »echte Vulkova« zu schimpfen, dass sie es vermutlich selbst nicht mal wusste. Ich konnte keinen Funken Böses in ihr sehen. Sie war vielleicht seine Tochter, aber egal was er versucht hatte, sie gehörte nicht ihm. Vielleicht war das am Ende der entscheidende Punkt, sie mir zu überlassen. Er wusste, er konnte sie nicht formen. Nicht so, wie er sie haben wollte.

»Bist du so weit?«, fragte ich Nika, als ich mich in die Küche begab.

Sie war gerade dabei, Zucker in eine Schüssel zu rühren, als Rosa mich fragend anstarrte. Kurze Missbilligung war in ihren Augen zu sehen.

Nicht doch. Jetzt ist sie auch sauer auf mich?

»Für was soll ich so weit sein?«, hakte Nika natürlich nach. Immer musste sie Gegenfragen stellen. Das war so anstrengend und … erfrischend. Niemand stellte Gegenfragen. Sie befolgten einfach meine Anweisungen. Aber nicht Madame. Natürlich nicht!

Ich fuhr mir durch mein dickes Haar. Vielleicht hätte ich vorher noch mal duschen gehen sollen.

Aber nachdem ich mit diesem Brummschädel aufgewacht war, wollte ich einfach nur einen Kaffee.
Ich konnte es immer noch nicht fassen. Sie hatten
mich betäubt. Gut, JJ musste mir das Zeug in den
Drink gekippt haben. Immerhin war sie es, die mir
den Scheiß ins Büro gebracht hatte. Aber dass die
beiden wirklich so dreist gehandelt hatten, wollte
immer noch nicht so recht in meinen Schädel rein.
Und nach diesem ganzen Trouble hatte ich nicht mal
JJ bestraft. Nein, sie gab mir noch Ratschläge, wie
ich mit meiner eigenen Frau umzugehen hatte. Das
war doch ...

Nika starrte mich weiterhin fragend an. Sie war
wirklich so hübsch. Selbst in diesen legeren Klei-
dungsstücken.

»Ich muss in den Central Park. Ich dachte ...« Ja,
was dachte ich? »Du könntest dir die Beine vertreten.
Ein Eis essen, oder ...« Ein Eis essen? Woher kam der
Scheiß denn jetzt?

Genauso verständnislos blickte sie mich an. Nika
hatte auch absolut keine Ahnung, was ich da gerade
von mir gab.

»Komm einfach mit! Der Wagen steht schon vor
der Tür.«

Sie sagte nichts, schaute nur zu Rosa, die ihr lächelnd zunickte.

»Na schön.«

Das hörte sich an, als würde sie aufs Schafott gebracht. Klasse.

Wie war das? Ich sollte sie mitnehmen?

Auf der Fahrt redete sie kein Wort mit mir. Lieber starrte sie aus dem Fenster, obwohl sie nicht viel erkennen konnte. Die Scheiben waren getönt.

Da wir auch nur wenige Minuten unterwegs waren, fühlte es sich auch nicht so schlimm an, dass sie schwieg.

Als ich ihr die Hand gab, um ihr hinaus zu helfen, ignorierte sie diese natürlich. Ich seufzte.

Charlie und Andie waren heute unsere einzige Sicherheit. Scharfschützen hier im Park hätten keine Chance irgendjemanden von uns zu treffen.

»Es ist tolles Wetter«, kommentierte Nika und blickte in den blauen Himmel.

»Es ist Juni, was hast du erwartet?«

Das war wohl die falsche Antwort, denn Nika funkelte mich wütend an. Wow. Und was für ein Funkeln das war!

»Wohin gehen wir?«, fragte sie nach wenigen Minuten.

»Können wir nicht einfach spazieren gehen?«

Sie schnaubte und blieb mitten auf dem Fußweg stehen. Einige Fahrradfahrer radelten an uns vorbei. Ein Eisverkäufer laberte uns an, wir ignorierten ihn. Charlie jedoch nicht.

»Okay, ich hab hier etwas zu erledigen. Und da ich schon mal im Park bin, dachte ich mir, dass es dir gefallen würde, hier etwas spazieren gehen zu können.«

Ihr Schutzschild bekam Risse. Sie schien meine Worte in sich aufzunehmen.

»Nun, das ... wäre sehr nett von dir, wenn das wirklich deine Gedanken dazu waren.«

Nett? Ich war nett? Okay, so etwas hatte noch niemand zu mir gesagt.

»Aber was hast du denn hier im Park zu erledigen?«

Ich blickte kurz rüber zu der Ecke, in der schon fleißig Schach gespielt wurde.

»Ich hab noch einen Job zu erledigen. Charlie, zeig ihr vielleicht einen der Wasserfälle. Es wird dir gefallen.«

Sie runzelte die Stirn und starrte mich lange an. Obwohl mich das nicht nervös machen sollte, tat es das doch. Ich ignorierte dieses Gefühl und bat Charlie mit einer Handbewegung endlich zu verschwinden.

Andie stand schon neben mir, als ich einfach losging, um meinen Job zu erledigen.

Dolph erblickte ich schon von Weitem. Er war derjenige, der heute Geschäfte machen wollte, und ich war froh, dass er ein unkomplizierter Zeitgenosse war.

Wie immer trug er einen alten Hut. Er nannte ihn stets »modisch.« Ich sah das anders.

»Dolph«, begrüßte ich ihn und setzte mich an das Schachbrett. Er war gerade dabei, alle Figuren auf dem Brett zu verteilen. Links von mir standen Andie und Dolphs Bodyguard und checkten die Umgebung ab. Alles war bisher sauber.

»Darryl. Ich darf gratulieren. Die Gerüchte stimmen also.« Ich hatte meine schwarzen Figuren allesamt richtig aufgestellt, und dabei hatte er meinen Ring wohl gesehen. Normalerweise wäre es klüger, keinen zu tragen. Aber irgendwie hatte sich das nicht richtig angefühlt. Jetzt musste ich jedes Mal damit rechnen, auf Nika angesprochen zu werden.

»Privates ist tabu«, antwortete ich ihm, und er begann seinen ersten Zug.

»Ach komm. Wenn du dir Micaels Tochter angelst, schlägt das Wellen. Damit musst du rechnen.«

Ich führte meinen ersten Zug aus. »Also, was brauchst du? Dein Anruf klang dringend«, lenkte ich das Thema endlich mal auf das Geschäft.

»Ich hab da ein paar Probleme mit einigen korrupten Cops, die Gangmitgliedern Waffen aus der Asservatenkammer verkauft haben.«

Ich schnaubte. Dolph regierte halb Kanada. Da es dort aber keinen Darryl Wood gab, besorgte er sich hier bei mir seine Waffen. Ich vertraute dem Mann insofern, als dass ich mich hier in der Öffentlichkeit mit ihm traf. Das tat ich bei all meinen Deals. Charlie und Andie kümmerten sich meist um die kleinen Fische. Aber größere Fischzüge wie die Geschäfte mit Dolph liefen über mich.

Dolph brauchte für den nächsten Zug nur wenige Sekunden. Ich war nicht ganz so konzentriert wie sonst.

»Was brauchst du, um denen mal zu zeigen, wer das Sagen hat? Ein paar Kleinkaliber?« Ich machte meinen Zug, und klaute mir seinen Springer.

»Ich dachte da an ein Dutzend HK416.« Dolph nahm mir meinen Springer ab.

»Und vielleicht ein paar Gramm C4.« Erst Sturmgewehre, dann hochexplosiven Sprengstoff...

»Du willst sie gleich ganz ausrotten«, schlussfolgerte ich und zählte noch sechs Züge, bis ich ihn schachmatt setzen konnte. Dolph gab keine Antwort. Brauchte er auch nicht. Er war wie ich, leicht gestrickt. Machten Banden oder korrupte Cops, die nicht auf unserer Seite standen, Probleme, wurde ihnen gezeigt, wer das Sagen in der Stadt hatte.

»Wenn ich gewinne, packst du noch ein paar Glock-Pistolen dazu«, sprach Dolph hochkonzentriert.

Er versuchte es immer. Jedes verfluchte Treffen endete mit so einem Vorschlag.

»Und wenn ich gewinne, zahlst du das Doppelte.«

Dolphs Augenbraue schoss in die Höhe, er sagte aber nichts.

»Du spielst Schach?« Nikas Verwunderung in der Stimme ließ mich fast vergessen, dass sie nicht hier stehen sollte. Charlie stand neben ihr, wie ein Idiot, der es nicht geschafft hatte, eine 50kg-Frau zu bändigen. Verdammt, er hatte das Recht so auszusehen. Was war denn los mit ihm?

»Was machst du hier? Ich sagte ...«

»Na, wen haben wir denn da?«, fragte Dolph und musterte Nika erst mal sehr gründlich. Zu gründlich.

»Ihre Augen sind in ihrem Kopf, Dolph. Beherrsch dich.«

Dolph reagierte nicht auf meinen Satz, stand aber dann kurz auf, um ihr einen Handkuss zu verpassen.

»Nika Vulkova, nehme ich an. Mein Name ist Dolph Nektarios.«

Nikas Mund stand offen vor Überraschung. Der Nachname Nektarios sagte ihr sicherlich etwas. Er war der einzige Däne mit einem griechischen Nachnamen, der halb Kanada im Untergrund regierte. Ganz zu Schweigen, dass er genauso wenig mit Micael etwas anfangen konnte wie ich. Also, bevor wir das mit dem Waffenstillstand durchgezogen hatten.

»Ganz offensichtlich kennen Sie meinen Namen.«

»Ganz offensichtlich kennen Sie meinen«, erwiderte Nika und entriss ihm ihre Hand. Ich grinste. Es gefiel mir, dass ich nicht der Einzige war, der ihren Charme zu fühlen bekam. »Dir ist schon klar, dass er dich in drei Zügen schachmatt gesetzt hat?« Nika schien sich absolut sicher zu sein.

Dolphs Gesicht verlor etwas an Farbe und ich konnte nur fragend die Stirn in Falten legen. Er hatte noch drei Züge? Ich blickte sie an, aber Nikas Gesichtsausdruck ließ keinen Zweifel zu. Sie war davon überzeugt und ich machte mir plötzlich Sorgen, ein paar Glock-Pistolen zu verschenken. Also starrte ich auf mein Schachbrett, kam aber partout nicht drauf, wie sie auf nur drei Züge kam. Dolph klopfte ungeduldig auf das Spielbrett.

»Dann spiel du!« Ich stand auf, und bat sie sich zu setzen. Nika zögerte erst, setzte sich dann aber.

»Was soll denn das?«, meckerte Dolph.

»Du machst Geschäfte mit einem Wood. Sie ist eine Wood.« Den Ruck, der durch Nikas Körper ging, ignorierte ich. »Setz dich, Dolph, und spiel.«

Er spielte und verlor. Tatsächlich hätte ich verloren, hätte Nika nicht die Königin retten können.

Dolph fluchte, sprach Französisch, verfiel dann ins Griechische und kaufte dann seine Waffen. Ich sagte ihm, er würde die Lieferung nächste Woche erhalten.

Nika wurde, obwohl sie Dolph geschlagen hatte, wieder mit einem Handkuss verabschiedet.

»Ich hab dir also geholfen, einen Waffendeal klarzumachen«, schlussfolgerte sie, während wir wieder durch den Park liefen. Andie und Charlie liefen einige Meter hinter uns.

»Er hätte sie eh gekauft. Nur so ist es ein interessanteres Spiel. Wenn man noch mehr zu gewinnen hat«, antwortete ich ihr ehrlich. Anstatt sich darüber lustig zu machen, dass wir typische Männer waren, die die Herausforderungen brauchten, nickte sie nur.

»Warum braucht er sie?«

»Du stellst zu viele Fragen.«

»Ach, komm. Ich hab dafür gesorgt, dass du deine Glock-Pistolen behalten kannst!«

Sie grinste und ich grinste. Merkwürdig, wie schnell sie ihre Laune ändern konnte. Das waren vermutlich diese typischen Frauendinger, die kein Mann jemals verstehen würde.

»Korrupte Cops, Gangmitglieder, die nicht verstehen, wer wirklich das Sagen hat. Die üblichen kleinen Probleme halt!« Es wunderte mich wirklich, dass ich mit ihr über meine Geschäfte sprach. Aber sie hatte mir ehrlich geholfen und Nika war ... sie war jetzt eine Wood. So beschissen sie es fand, entsprach es aber der Wahrheit.

»Ich kapiere sowieso nicht, wieso sich die Cops schmieren lassen. Egal wer da mit Scheinen wedelt, sie nehmen es an.«

»Würdest du ihnen denn etwas anderes vorschlagen? Sie verdienen nicht viel, sollen aber ihr Leben riskieren, wenn es von ihnen verlangt wird.«

Wir liefen wieder an dem Eisverkäufer entlang, der uns anquatschen wollte. Nika ignorierte ihn, ich auch. Charlie zog ihn von uns dann gänzlich weg.

Nika schnaubte, während wir weiter zusammen im Park herumliefen.

»Wenn sie sich von irgendwelchen Gangs oder von euch schmieren lassen, riskieren sie auch ihr Leben, Darryl. Und dennoch kommt es vor, dass sie die Seiten wechseln. Hab es oft bei meinem Dad gesehen. Irgendwelche Cops spitzelten dann für den Feind, ließen sich umdrehen, weil Geld allein einfach nicht glücklich macht.«

Ich kannte die Probleme, die sie ansprach. Sicher konnte ich mich auf einige Cops verlassen. Sie gaben Bescheid, wenn irgendein motivierter Staatsanwalt wieder versuchte, mir etwas anzulasten.

»Dann klär mich mal auf. Was könnte ich verbessern?« Ich klang amüsiert, weil ich nur heiße Luft von ihr erwartete. Aber wieder einmal irrte ich mich.

»Die meisten Cops haben Familie. Müssen Schulgeld zahlen, Ausflüge usw.«

Ich nickte, weil mich wirklich interessierte, was sie zu sagen hatte. »Versprich ihnen diese Hilfe. Schick die Kids auf gute Privatschulen. Solange du ihren Kids eine schöne Zukunft finanzierst, solange werden sie dir sicher nicht in den Rücken fallen. So würde ich es machen.«

Ich blieb abrupt stehen. War das wirklich so einfach? Ihr Vorschlag war kein dummer. Er hatte Hand und Fuß.

»Was?«, hakte sie nervös nach, als sie bemerkte, dass ich nicht weitergelaufen war.

»Das ist ein guter Vorschlag.«

Sie lächelte ein 1000-Watt-Lächeln. Diesmal hatte ich wohl das Richtige gesagt. Lange blickten wir uns an und es wäre gelogen, hätte ich gesagt, dass mir nicht etwas warm wurde. Was zum Teufel war das denn für eine merkwürdige Reaktion?

»Glaubst du, wir kriegen hier Zuckerwatte? Ich hätte wirklich Lust auf Zuckerwatte.« Sie erwähnte noch einmal die Bitte nach Zuckerwatte, als sie sich durch ihr langes Haar fuhr und sich umschaute.

»Charlie, besorg deinem gemeingefährlichen Schützling Zuckerwatte«, befahl ich und hörte Andie kurz auflachen.

»Ich kann mir auch selbst …«, mischte sie sich ein, aber Charlie war schon verschwunden. »Lässt du dir immer von jedem etwas bringen? Man hätte auch einfach …«

»Und in L.A.? Hast du niemanden Befehle erteilt?«, stellte ich ihr die Gegenfrage. Sie reagierte wie immer, wenn ich ihren Dad oder ihr früheres Leben erwähnte. Nika wurde wütend. Dann tauchte immer dieses schöne Funkeln in ihren Augen auf. Wie jetzt …

»Hör auf, ständig L.A. oder meinen Dad zu erwähnen.«

»Warum?«

Sie schnaubte und starrte überall hin, nur nicht zu mir. Das gefiel mir nicht. Nika sollte sich nicht vor mir verschließen.

»Weil du nicht viel anders bist als er.«

»Ich …«

»Nicht mal in Begleitung von JJ durfte ich raus. Wenn es nach dir gegangen wäre, hätte ich eine Meile im Park gedreht und das wäre für mich dann Ausgang genug gewesen. Im Grunde hab ich dasselbe Leben, nur auf der anderen Seite des Landes.« Charlie kam mit rosa Zuckerwatte wieder, die Nika schnaubend annahm und dann damit herumwirbelte. »Oh, und ich darf Zuckerwatte essen. Ein Highlight.« Sarkasmus stand ihr wieder mal viel zu gut.

Charlie musterte Nika und mich, und schien sich auch zu fragen, ob ihr Ausraster noch anhalten würde.

»Nika, du bist nachts aus dem Haus geschlichen. Ihr habt mich betäubt, und …«

»Gott, wird mir das jetzt für immer zum Verhängnis? Ich wollte einfach mal raus. Ich war noch nie in New York. Ich … konnte nie einfach mal eine 24-jährige

Amerikanerin sein. Und jetzt bin ich verheiratet. Mit einem Typen, der die gleichen Ansichten besaß, wie mein Dad.« Sie sieht sich nicht als Russin?

»Ich bin nicht dein Dad.«

Wieder schnaubte sie und jetzt wurde ich langsam wütend.

»Du solltest aufpassen, was du sagst. So manch einer läge längst auf dem Grund des Hudson River, wenn man versucht hätte, mich zu betäuben ...«

»Dann frag ich mich, warum ich hier noch stehe? Ich werde es nämlich immer wieder versuchen. Solange, bis ich weiß, was es bedeutet, frei zu sein!«

Sie stand wieder sehr nah bei mir. Wie sie da hingekommen war? War ich die Schritte gegangen oder sie? Nicht mal den Gedanken konnte ich zu Ende denken. Was ich aber interessant fand ... JJ hatte mich betäubt. Sie stellte es so hin, als hätte sie selbst es getan. Sie schützte JJ. Sie war loyal. Augenblicklich fasziniert sie mich noch mehr ...

Ihr Haar wurde durch den Wind, der an uns vorbeizog etwas in die Luft geschleudert. Das gab ihr mit diesem wütenden Blick etwas Wildes.

»Sieh mich nicht so an«, sprach sie als erstes und entfernte sich von mir.

»Wie sehe ich dich denn an?«, hakte ich mit rauer Stimme nach. Meine Hose spannte im Schritt. Teufel, wir befanden uns im Central Park!

»Du bist nicht zu Mitleid fähig, ich will deines nicht. Also hör auf, mir vorzuspielen, dass dich interessiert, wie ich mich fühle.«

Sie dachte, ich hätte Mitleid?

NIKA

Ich stand am Fenster und blickte auf das Anwesen. Ein paar mal konnte ich zwei Sicherheitsmänner sehen, die an der Mauer entlang liefen. Auf der Mauer lag noch Stacheldraht, für diejenigen, die doch so blöd waren das zu versuchen.

»Ach, hier bist du«, flötete JJ und kam mit einem roten Lederkleid bekleidet in mein Zimmer.

»Ähm ...« Was hast du denn noch vor?

Mein verwirrter Blick verriet ihr meine Frage im Kopf. Sie grinste und machte sich mal wieder an meinem Kleiderschrank zu schaffen.

»Wir gehen aus!«

»Du hast Darryl nicht wieder betäubt«, fragte ich panisch nach.

»Selbst ich bin nicht lebensmüde, Nika«, stellte sie fest und zog immer kürzere Röcke und Kleider heraus.

»Was soll das?«

All diese Klamotten hatte Darryl mir besorgt bzw. JJ für mich gekauft. Und mehr als ein paar dieser Klamotten hatte ich noch nicht getragen. Ich wollte sie auch nicht wirklich tragen.

»Darryl will mit uns ins Fourth. Der beste Club der Stadt, sage ich dir.«

»Er will mit uns in einen Club?«

JJ lachte, weil ich total unsicher wurde. »Keine Angst. Darryl ist cool.« Sie wühlte wieder im Schrank herum. »Zumindest wenn er nichts in seinen Drink geschüttet bekommt. Hier.« Sie überreichte mir ein mintgrünes Kleid. »Das wird dir stehen.«

»Ich kann mir auch selbst etwas aussuchen.«

»Momentan befindest du dich noch in der Phase „Ich will dieses Leben immer noch nicht, und alles ist beschissen, deswegen starre ich lieber aus dem Fenster anstatt am Leben teilzunehmen", oder hab ich nicht Recht?«

»Wundert dich das? Ich wurde gezwungen.«

JJ seufzte, rollte mit den Augen und wippte mit ihren High Heels auf und ab.

»Wenn du einmal aufhören würdest, alles so schwarzzusehen. Dann könntest du sehen, dass dieses Los gar nicht so übel ist. Zumindest finden das auch die anderen Mädels.«

»Sie hassen mich«, erklärte ich ihr. Jedes Mal, wenn ich im Haus herumlief, tuschelten sie. Gut, ich hatte auch keine gute Meinung von den Mädels.

»Sie hassen das, was du besitzt, Nika.«

»Ich besitze gar nichts«, sagte ich etwas zu laut.

JJ seufzte wieder. »Du wirst es noch irgendwann begreifen. Geh duschen, mach dich hübsch. Du hast zwei Stunden Zeit.«

Ich stand vor der Treppe und hörte die Stimmen unten. Sie warteten auf mich. Warum war ich so nervös? Weil *du* wusstest, dass dieses Kleid heiß aussah? Dass es viel Haut zeigte? Nein. Das war nicht mein Problem. Ich mochte es, mich hübsch anzuziehen.

Ich durfte nur selten meine Figur betonen oder Kleider tragen, die Bein zeigten.

»Alles in Ordnung?«

Vor Schreck flog ich nach vorne. Nur Charlies Griff rettete mich davor, die Treppe herunterzufliegen.

Er ließ mich sofort wieder los, während ich erst mal nach Atem rang.

»Oh Gott, ich wäre ...« Zitternd starrte ich auf die Stufen hinunter.

»Wärst du«, bestätigte er dann noch.

»Danke. Denke ich.« Wenn ich die Treppe heruntergefallen wäre, müsste ich zumindest nicht in den Club. Mann, was für dämliche Gedankengänge führe ich eigentlich?

Anstatt mich zu bewegen, blieb ich immer noch an Ort und Stelle stehen, als ich ihn am Treppenabsatz stehen sah. Meine Lippen öffneten sich vor Überraschung. Wo war der böse Blick hin? Lässig, die Hände in den Jeans, stand er dort, blickte zu mir hoch und schien zu lächeln. Aufrichtig zu lächeln. Ein weißes Shirt und ein hellblaues Sakko. Das war alles und doch genug, um ihn einfach nur attraktiv aussehen zu lassen. Ach was, Tarzan hätte nichts weiter als die Lederwindel tragen müssen ... warum kam ich noch mal auf den Vergleich mit Tarzan? Ach ja, er hatte sich ja heute Morgen so verhalten.

Schon war meine Stimmung von vor zwölf Stunden wieder da. Ich zeigte ihm meinen vermutlich fiesesten Gesichtsausdruck, als ich die Treppe herunterlief.

Jeden Schritt schien er in sich aufzunehmen. Jede Bewegung sah er sich genau an. Und ich wurde immer nervöser.

Es schien so, als würde er lang einatmen.

»Hübsch.« Klang seine Stimme rau? Ja, er räusperte sich mehrmals, warf JJ einen wütenden Blick zu, während die ihn angrinste und Darryl lief dann fast fluchtartig aus dem Haus.

»Das wird lustig«, flötete JJ und zog mich mit sich.

Die Fahrt hin zum Club war merkwürdig. Darryl saß diesmal neben mir, weil Charlie und JJ uns gegenüber Platz genommen hatten.

Diese einfache Sache, dass er neben mir saß, machte mich schon nervös.

»Hier.« Darryl hielt mir ein Handy hin. Fragend blickte ich erst auf das Gerät und dann in sein Gesicht. Diesmal blickte er mich nicht an, als wäre er sauer auf mich oder würde gleich wütend werden. Es war, als würde er sich für mich freuen. Merkwürdig. »Ich weiß, du hast dein Handy zurückgelassen.«

Ja, das hatte ich. Und jetzt schenkte er mir ein neues Handy?

»Danke.«

Es war das neueste Modell von Apple. Ich liebte diese Firma.

»Meine Nummer ist bereits eingespeichert. Ich bitte dich, immer und überall sofort Bescheid zu geben, falls etwas passieren sollte.«

Jetzt stellte ich mir noch mehr Fragen.

»Warum sollte ich dich anrufen, wenn ich eh immer im Haus bin?«

Darryl musste schmunzeln, als er zu JJ sah, die auch lächelte.

»Hab ich irgendwas verpasst?«

»Ich sperre dich nicht ein, Nika.«

Ich schnaubte. Das tat ich immer, wenn er wieder mal meinte, mir irgendeinen Schwachsinn erzählen zu wollen.

Darryl schüttelte den Kopf und sah hinaus aus dem Fenster.

Das Handy legte ich in meine Tasche.

Der Club war brechend voll und dennoch mussten wir nicht anstehen.

Darryl zog mich in seine Arme, als wir hineingingen. Einige nickten Darryl zu, der Rest starrte einfach. Einige Mädels hatten wohl gehofft, ich würde tot umfallen bei deren »netten« Blicken, die sie mir entgegenwarfen.

Wenn sie wüssten, dass ich nicht zu ihnen gehörte ...

Darryl mag mein Ehemann sein, aber ich interessierte mich nicht so für ihn. Obwohl er echt gut roch. Und gut aussah, süß aussah, wenn er mal lächelte.

Ich war überrascht, als wir in den Club gingen. Er war heller als angenommen. Die Sofas, die Bar, alles war in Weiß gehalten und passte super in das Gesamtbild. Die Musik hier drin war nicht übermäßig laut. Man konnte sich noch gut unterhalten.

Darryls Griff wurde immer fester, als wir uns zu einer Lounge begaben.

Charlie stellte sich direkt vor uns, während JJ schon in die Getränkekarte schaute.

»Hast du ein Lieblingsgetränk?«, stellte er mir plötzlich die Frage und kam mir dabei ziemlich nah mit dem Gesicht.

»Wodka Tonic«, antwortete ich ihm und sah ihm dabei in die Augen.

Er wirkte wieder sehr ernst, als er aufstand und tatsächlich selbst zur Bar marschierte. Wieso wartete er nicht auf die Kellnerin?

Ich beobachtete ihn dabei, wie er mit lässigen Schritten zur Bar ging und dann mit dem Barkeeper redete. Zwei der Tussen, die mit ihren Zwei-Zentimeter-Röcken auch an der Bar saßen, starrten ihn an, als wäre er ihr Frischfleisch für heute Nacht. Und dann wurde mir bewusst … dass er das sein könnte. Darryl könnte mit der blonden Schlampe mitgehen, er könnte die Brünette auch bitten, mitzukommen. Vielleicht würden sie es auf einen Dreier ankommen lassen. So wie sie grinsten, wussten sie ganz genau, wer Darryl war.

Er bemerkte sie und ich fühlte, wie mein Herz plötzlich schneller schlug. Darryl sagte etwas, dass die Blonde kichern ließ. Dann griff er sich schon seine Drinks und kam wieder auf uns zu. Währenddessen nickte er ein paar Männern zu.

»JJ, hier, dein Appletini. Nika …« Warum sprach er meinen Namen so merkwürdig aus? Und warum kribbelte es so merkwürdig in meiner Bauchgegend? »Dein Wodka Tonic. Ich hoffe, du magst Oliven im Drink.«

Und ich hoffe, du magst diese Schlampen an der Bar nicht!

Woher kam denn der Gedanke jetzt?

»Alles okay bei dir?« JJ blickte mich fragend an. Ich musste wohl völlig bescheuert aussehen, weil ich so tief in meinen Gedanken versunken war.

»Klar. Der Club ist hübsch. Ist er neu?«, lenkte ich das Thema schnell von mir ab.

»Ein paar Jahre alt ist er schon«, antwortete mir Darryl und setzte sich wieder neben mich. Er hatte sich Whiskey ohne Eis bestellt.

»Ich war schon ewig nicht mehr hier. Und du, Charlie?« Er war von JJ's Frage völlig überrumpelt worden, denn er schaute sie an, als wollte er sie umbringen.

»Gefällt es dir hier?«, fragte Darryl mich plötzlich und war mir wieder näher gekommen. Ob er es bewusst tat, oder nicht. Darryl blickte mich wieder mit diesem Schmunzeln an, das für mich keine Bedeutung hatte. Warum war er auf einmal so freundlich zu mir?

»Es ist schön, mal rauszukommen.«

»Nika …« Er spielte mit meinem Glas, das ich noch festhielt, streichelte dann über meine Hand und glitt weiter über meinen Oberarm. Die Gänsehaut entstand praktisch von selbst, während wir uns in die Augen schauten. »Du bist nicht meine Gefangene …«

»Was bin ich dann?« Ich wurde angezogen von seinen Lippen, die ich jetzt anstarrte. Darryl roch gut. Nach Parfum und seinem eigenen Geruch.

»Meine …«, wollte er antworten, aber irgendeine Bewegung beendete Darryls Augenkontakt mit mir.

»Darryl, mein Guter. Du warst ja ewig nicht mehr hier«, begrüßte ihn ein kleiner dicker Kerl in einem roten Anzug. Jepp, Rot!

Im Schlepptau hatte er die blonde Schlampe von der Bar, die Darryl jetzt schon wieder gierig anstarrte.

»Josef«, begrüßte hingegen Darryl ihn unterkühlt und drückte mich wieder an sich. Er fühlte sich so warm an …

Der Miami-Vice-Typ blickte jetzt mich an und grinste. »Ist das etwa Nika Vulkova? Stimmt es wirklich? Du hast die Kleine vom Micael geheiratet?«

»Die Kleine sitzt hier und kann Sie hören«, klärte ich ihn wütend auf. Wie viele Kerle würden noch kommen, die so täten, als wäre man nicht anwesend, wenn über einen gesprochen wurde? Ätzend!

Josef zog die Augenbraue in die Höhe und lachte. »Und Charisma hat sie auch noch. Vorsicht, Darryl. Nicht, dass du dir eine Schlange ins Bettchen geholt hast. Ich bevorzuge lieber die handzahme Variante«, erklärte er und strich der Blonden über den Kopf. Was war das bitte für eine Geste? Der wirklich schlechte Abklatsch von einem Miami-Vice-Cop hätte ihr Großvater sein können!

JJ machte ein Würgegeräusch und ich schmunzelte. Der ist gut gewesen!

Plötzlich packte Josef JJ an den Haaren, zerrte sie an sich und ... kam nicht mal so weit, denn Charlie schritt ein. Er drückte Josef mit einer Bewegung zur nächsten Wand.

»JJ ...« Ich stand auf und lief zu ihr. Sie kratzte sich leicht am Kopf und funkelte Josef wütend an.

»Wichser!«, kommentierte sie seinen Angriff. Darryl machte eine Kopfbewegung, dann verschwand Charlie mit Josef nach draußen.

»Ist bei dir wirklich alles in Ordnung?«, hakte ich bei ihr nach, aber sie hob schon die Hand.

»Alles okay, Nika. Schau lieber nach der Bitch.«

Bitch? Ich folgte JJ's Blick. Die blonde Tussi stand schon wieder bei Darryl, wippte mit ihrem halb nackten Arsch und ihren Titten.

»Ist das immer so?«, fragte ich JJ.

»Was?«

»Na, dass er flirtet.«

»Sieh genau hin. Nicht er flirtet. Das muss er gar nicht. Die Weiber stehen einfach auf ihn, Süße.« Frustriert seufzte ich auf. »Aber ansehen tut er nur dich.«

JJ grinste dabei wieder so diabolisch, verzog sich dann auf die Toilette.

Ihr Grinsen konnte sie sich sparen. Er schaute mich gerade gar nicht an. Gut, ihm wurde die Sicht durch Titten verhindert. Aber sicher war es ihm nicht unangenehm.

»Ich gehe tanzen«, rief ich ihm frustriert zu. Vermutlich hatte er mich nicht mal gehört. Vermutlich hatte er mich längst vergessen. Nika wer? Meine Frau? Ne, kenne ich nicht.

Die Tanzfläche war groß und halb gefüllt. Es wurde gerade irgendein Song der schnellen Sorte gespielt. Also tanzte ich mit, hüpfte, sang mit, wenn es angebracht war und ich den Ton treffen konnte und ... bewegte mich einfach. Ich kam selten dazu auszugehen. Wenn, dann hielt Igor die Stellung, damit meine kleine Flucht nicht auffiel.

Der Song war schneller zu Ende als gedacht. Und dann begann plötzlich ein langsamer Song. Diesen kannte ich. Coldplay mit Fix You.

Die Tanzfläche verdunkelte sich und ich grinste. Das Lied erinnerte mich so sehr an meine Highschool-Zeit.

»Darf ich?«

Darryls Hand hielt meine, als ich begriff, dass er sich zu mir aufgemacht hatte. Fragend wartete er meine Antwort ab.

»Keine Blondine?«, versuchte ich so desinteressiert wie möglich zu klingen.

Es misslang. Er starrte mich an, während ich irgendwohin sah, nur nicht zu ihm. Darryl tanzte gut. Zu gut, wie ich feststellen musste.

»Wenn meine Frau dabei ist?«

Mein Puls wäre sicherlich noch schneller in die Höhe gegangen, wenn der Satz nicht so unpassend geklungen hätte.

»Dann geh am besten morgen Abend allein hin oder ...« Der Druck seiner Hand auf meiner Hüfte wurde etwas fester.

»Wir haben vor ein paar Tagen geheiratet.«

Ich schnaubte. »Deswegen laufen auch noch die nackten Weiber im Haus herum.«

»Halb nackt«, verbesserte er mich.

»Da gibt es keinen verfluchten Unterschied!«

»Also für meine Männer und mich gibt es ...«

»Arrgh, hörst du dich eigentlich gerne reden, oder was?«

»Nein, aber du siehst süß aus, wenn du eifersüchtig reagierst. Das ist es doch, was dich aufregt, oder? Dass du nicht die einzige Frau bist, die ...«

»Ich bin nicht eifersüchtig, ich finde es nur widerlich. Damit das mal klargestellt wird!«

»Wird man jemals aus dir schlau?«

Diese Frage brachte mich völlig aus dem Konzept. Ich blieb kurz stehen, und blickte ihn an. Meinen Ehemann. Er lächelte und wieder berührte das etwas in mir. Und dann begann noch dieses Gitarrensolo im Song. Damals, als ich 16 war, verliebte ich mich in einen Mitschüler, der mich nicht beachtete. Und jetzt fühlte es sich genauso an. Mein Bauch kribbelte, ich ... spürte plötzlich diese Wärme, an den Stellen, an denen

Darryl mich berührte. Aber das war doch verrückt! Ich kannte ihn doch kaum, und das, was ich wusste, war … war nicht gut.

Konnte man einen Mann lieben, über den man nichts wusste? Konnte man ihn mögen, wenn er alles andere als gut war?

»Ich weiß einfach nicht, was du von mir willst, Darryl.« Ich wollte eigentlich nichts sagen, aber … ich musste es tun.

Er schüttelte kurz den Kopf, als wüsste er nicht, was er antworten sollte.

»Keine Ahnung, Nika. Ich kann dir keine Antwort darauf geben. Noch nicht. Aber ich verspreche dir, dass du sicher bei mir bist. Und frei.« Den letzten Satz fügte er noch schnell hinzu.

»Verspreche nie etwas, dass du nicht halten kannst«, sagte ich und verlor mich in seinen Augen. Sie waren so dunkel, und doch … gefiel mir gerade das an seinen Augen. Verrückt, oder? Gab ich gerade zu mich in den Teufel zu verknallen? Dass mir der Teufel gefiel? Wobei … es war ja wissenschaftlich bewiesen, dass uns die Gefahr anzog? Warum sonst rannten die Leute in den Horrorfilmen immer in die Richtung des Mörders?

»Tue ich nicht«, antwortete er mir und blickte mich so lange an, dass ich langsam nervös wurde.

»Warum starrst du mich so an?«

»Du bist meine Frau. Wenn ich dich nicht so ansehe, ist es keine Ehe.«

Wie meinte er das denn jetzt?

Das Lied war zu Ende und wieder spielten sie einen schnelleren Song. Ich wartete darauf, dass er gehen würde, aber das tat er nicht. Er nahm meine Hand, drehte mich einmal, und begann sich mit mir zu bewegen. Darryl grinste, Darryl lachte, Darryl ... war einfach nicht mehr Darryl.

Wir tanzten, lachten ... hatten Spaß. Sein Blick lag auf mir, jedes Mal, wenn ich in seine Arme fiel. Und jedes verdammte Mal setzte mein Herzschlag dabei aus.

»Uups.« Mit zu viel Schwung rempelte ich den Kerl neben uns an. »Tut mir leid«, brüllte ich gegen den Song an, aber das interessierte den Kerl gar nicht. Der Typ in meinem Alter lächelte dreckig, als hätte er nur darauf gewartet.

»Vulkova-Blut«, spuckte er widerwillig aus und ich trat einen Schritt zurück.

»Danke, Nika reicht«, antwortete ich und biss mir fluchend auf die Unterlippe. Vielleicht hätte ich das nicht sagen sollen.

Der Song endete und somit konnte ich noch besser hören, was er zur mir sagte. »Ich hatte schon gehört, dass Wood die Kleine Vulkova geheiratet haben soll, aber dass er mit dir auch noch hier auftaucht.«

Erst jetzt bemerkte ich, dass er mein Handgelenk festhielt und zudrückte.

»Hey, lass mich los.«

Wie war das? Side-Kick und ... Aber dazu kam ich nicht mal. Darryl drückte mich zur Seite und dann hörte ich nur einen bis ins Mark erschütternden Schrei.

Als ich hinsah, steckte ein Messer im Bein des Typens. Er lag mehr auf dem Boden als er stand, und Darryl starrte ihn so hasserfüllt an, dass selbst ich Angst bekam.

Die Leute um uns herum schauten sich schon fast teilnahmslos die Szene an.

»Fehler Nummer eins: Du hast sie angefasst. Fehler Nummer zwei: Niemand fasst mein Eigentum an! Ist das bei jedem angekommen?«, schrie er durch den Club, und alle nickten, als hätte der Papst gerade gesprochen. Darryl wartete nicht mal auf ihre Reaktionen. Er griff nach meiner Hand und lief zum Ausgang.

DARRYL

Der Wagen stand schon bereit. JJ und Charlie standen wie abgemacht davor. Der Abend war ein voller Erfolg, wenn nicht ... wenn diese Wut nur nicht wäre. Es war klar, dass das passieren würde. Jemand hatte Probleme damit, dass ich Nika, Micaels Tochter, geheiratet hatte. Soweit war das nichts Neues für mich. Aber dieses Gefühl, als sie von dem Wichser angefasst wurde, war etwas Neues. Etwas, dass ich nicht kontrollieren konnte.

Wundert dich das wirklich? Du willst sie, seit du sie das erste Mal gesehen hast. Und dann bist du durcheinander, weil sie die Richtige ist?

»Steig ein!«, befahl ich. »Wird er sterben?«, fragte sie auch noch nach. Ich schnaubte.

»Der Wichser wollte sonst was mit dir anstellen, Nika. Falls du es nicht bemerkt hast, er steht nicht so auf den Namen Vulkova. Und du machst dir Sorgen, dass so ein Typ überlebt?«

»Na ja ... ja.« Sie zuckte mit der Schulter, als würde sie selbst nicht ganz wissen, was sie tun sollte.

Ich fuhr mir durch mein Haar.

»Alles geklappt?«, hakte dann auch noch Charlie nach.

JJ schüttelte sofort den Kopf und stieg schon ein. Sie wusste, dass es Ärger geben würde. Das hatte sie vor der Fahrt hierher schon gesagt.

»Geklappt? Das war jetzt aber nicht inszeniert, oder?«

»Steig ein, Nika.« Wir befanden uns Downtown, mitten in der Nacht. Ich hatte einfach keine Lust auf Besuch oder Zeugen, die mitbekamen, wie meine Frau die Nerven verlor.

»Erst wenn du mir sagst, warum ...«

»Herrgott noch mal. Ja, ich wusste, dass es Ärger gibt. Nein, ich kannte den Wichser nicht. Ja, er wird überleben, und nein, ich werde mich nicht dafür rechtfertigen, mein Revier markiert zu haben!«

Wütend starrte ich sie an. Nur Zentimeter befanden uns noch zwischen uns.

»Am besten pisst du noch in die Ecke. Dann ist alles markiert«, antwortete sie mir und stieg ein.

Tief holte ich Luft, um mich zu beruhigen, dann setzte auch ich mich hinein.

»Sorry, Boss«, entschuldigte sich Charlie sofort. Ich sagte nichts.

Er wusste selbst, dass es Nika nichts anging. Jetzt wusste sie es und war dementsprechend angepisst.

Der Wagen fuhr los.

»Tja, das war ... ein kurzer Abend«, beendete JJ die bedrückende Stille.

»Weil dein Herr und Gebieter jemanden abstechen musste, JJ. Du kannst es ruhig sagen«, zickte Nika herum und starrte weiter trotzig aus dem Fenster.

»Herr und Gebieter?« JJ fand das total amüsant. Wie kam es, dass sie nichts, was Nika ihr vorwarf, wirklich ernst nehmen konnte? Aber jedes Wort, das ich sprach, wurde sofort auf die Waagschale gelegt! Das war wohl der negative Aspekt eines Mafiabosses.

»Ich musste klarstellen, dass du meine Frau bist«, erklärte ich also ihrem Nacken. Ansehen konnte sie mich ja scheinbar nicht. »Das wissen sie doch alle. Hallo? Der Typ im Club wusste es, und deswegen ...«

»Du bist eine Vulkova, Nika. Sie hassen dich, solange sie denken können, ich hab dich geheiratet, weil es uns Vorteile verschafft.«

Sie schnaubte. Dieser Klang nervte und faszinierte mich zugleich.

»Es hat dir Vorteile verschafft, Darryl.« Sie drehte sich zu mir um, damit ich ihren wütenden Blick sah. Faszinierend ...

»Nicht nur«, seufzte ich und dachte daran, wie lang ich schon keinen Sex mehr hatte. Verflucht, den letzten Blow-Job hatte Claudia mir verpasst und der war grottenschlecht gewesen. Wann war ich das letzte Mal in einer Frau drin? Shit, und das alles nur wegen dieser Frau neben mir!

»Du kannst mich gern laufen lassen! Keiner zwingt dich, mich hier zu behalten!«

War das ihr Ernst?

Der Wagen hielt vor dem Haus, dann versuchten JJ und Charlie sehr schnell aus dem Auto zu kommen. Sie kannten mein Temperament, oder vielleicht flohen sie vor uns beiden. Nika war vieles, aber sicher nicht zurückhaltend.

»Du wirst hierbleiben!«, antwortete ich so ruhig, dass es wieder bedrohlich klang. Nika saß noch immer und hatte sich kein Stück bewegt.

»Und warum? Du brauchst mich nicht. Ich brauche dich nicht. Wir leben nicht mal wie ein richtiges Ehepaar zusammen!«

»Tun wir nicht?« Ich schaute sie fragend an. »Wir leben in einem Haus. Verbringen Zeit zusammen.«

Warum hatte ich mich auf diese Idee nur eingelassen? JJ meinte, Nika bräuchte Zeit. Sie müsste verstehen, dass sie nichts zu befürchten habe vor mir. Deswegen gab ich ihr das Handy und ... Scheiße, ich gab ihr das Handy, weil ihr Bastard von Daddy immer noch nicht ihre Sachen hierher verfrachtet hatte. Nika besaß nichts ... das wollte ich ändern.

»Ich werde niemals mit dir schlafen, Darryl. Ich könnte dich niemals ...«

»Was kannst du nicht?«

Ihre Atmung beschleunigte sich. Das konnte ich ganz genau sehen. So etwas erkannte ich immer sofort. Aber war es Angst oder Verlangen? Als ich meine Hand hob, um ihr eine Strähne aus dem Gesicht zu schieben, zuckte sie nicht zurück. Sie hat keine Angst!

»Lass das«, flüsterte sie, als ich mich näher zu ihr bewegte.

»Warum?« Ihre Lippen waren knallrot geschminkt. Eine Versuchung für jeden Mann. Aber nur ich durfte sie berühren. Ich war ihr Ehemann.

Wir saßen noch immer im Auto. Niemand würde uns stören. Niemand würde ... die Tür wurde plötzlich aufgerissen.

»Baby! Da bist du ja!« Claudia. Nicht ihr Ernst!

Nika war schneller aus dem Auto verschwunden, als ich bis drei zählen konnte.

»Ihr seid früh wieder da. Hat es dir kein Spaß gemacht, ich kann ...« Sie wollte sich auf meinen Schoß setzen. Nicht mal mehr einen BH trug sie, aber ehe ich in Versuchung geraten konnte, hob ich sie hoch und setzte sie in die Polster, in denen Nika gerade noch saß.

»Heute nicht!«

»Das sagst du schon die ganze Woche«, jammerte sie.

Ich ignorierte sie und lief hinaus. Dabei konnte ich gerade noch Nikas Rücken sehen, als sie das Haus betrat.

 NIKA

Das war doch nicht zu fassen!

Messerangriffe, Miami-Vice-Arschlöcher und jetzt auch noch Claudia, die es mit Darryl im Wagen trieb. Unglaublich! Ich dachte, Dads Leben war schon verrückt, aber das hier übertraf alles.

JJ stand vor der Treppe mit Charlie und flüsterte ihm irgendwas zu. Ich wollte nur noch ins Bett. Vielleicht sollte ich mein Zimmer räumen, damit Darryl in Ruhe mit Claudia rummachen konnte ...

»Nika!«, herrschte mich Darryl plötzlich an. »In mein Büro!« Dahin bog er dann auch ohne zu zögern ein.

JJ blickte mich grinsend an. Ich fragte mich eigentlich nur, wo Claudia blieb. Folgte aber dann meinem Ehemann, der eh nichts anderes dulden würde.

»Was?«, herrschte ich ihn an. Erst jetzt bemerkte ich, dass sein Hemd etwas Blut abbekommen hatte. Es schien ihn aber null zu interessieren.

»Warum habe ich ihn angegriffen, Nika?«, fragte er mich plötzlich und nahm sich einen Drink aus seiner Minibar.

Die Frage irritierte mich. Warum fing er denn jetzt mit solchen Fragen an?

»Du bist nicht nur in einer fremden Stadt«, erklärte er und spülte den Alkohol mit einem Schluck runter, dann drehte er sich zu mir um und starrte mich an.

»Das hier war jahrelang mein Territorium. Micael hat sich nie hergetraut, weil er wusste, dass er keine fünf Minuten überleben würde. Er wird geächtet, für das was er mit Leuten getan hat, nur weil sie auf der falschen Seite der Staaten lebten. Ich musste klarstellen, dass dich niemand anrühren darf!«

Eindringlich blickte er mich weiterhin an. So als sollte ich es verstehen. Und ich verstand es plötzlich.

»Du hast dich zu mir bekannt. Ihnen zeigen wollen, dass ich ...«

»Dass du jetzt eine Wood bist. Auch wenn du es nicht akzeptieren willst, du bist nun mal meine Frau.«

Wieder dieser herrschende Tonfall. Als würde es ihn anmachen, das immer wieder sagen zu können.

»Ja, ich bin deine Frau, aber sicherlich nicht freiwillig. Das weißt du. Das weiß jeder. Und doch tust du so, als würde dich interessieren ...«

»Hör auf!«, brüllte er plötzlich so laut, dass ich sofort verstummte.

Jetzt konnte man ihn wieder bedrohlich nennen. Seine Augen fixierten mich, als wäre ich gerade eine Ameise, die kurz davor stand zerquetscht zu werden. Von ihm. »Du siehst nur Schwarz oder Weiß. Nicht mal die Tochter von Micael Vulkova kapiert, was unsere Welt eigentlich bedeutet. Aber sicher, Prinzesschen wurde in Watte gepackt!« Er kam näher und sprach immer weiter und jedes Wort bohrte sich in meinen Kopf. »Du bist hier. In meinem Haus. Meine Frau. Und du wirst in Sicherheit leben, dafür werde ich sorgen. Ob du das willst, oder nicht.«

Er meinte wohl, ob er Leute dafür abstechen musste oder nicht.

»Auf dem Papier bin ich das, aber niemals so, wie du dir das vorstellst«, fauchte ich und verzog mich so schnell es ging. Er brüllte meinen Namen, aber das war mir egal. Oder besser, das war Grund genug, sich noch flotter davonzumachen.

Ich lief Richtung Treppe und stieß mit Charlie zusammen. Natürlich.

Darryl brüllte noch einmal meinen Namen und schon war klar, dass sein Bodyguard mich zurück zu ihm befördern würde.

Fast schon flehend blickte ich in Charlies kantiges Gesicht. Er war wesentlich älter als Darryl, aber dennoch attraktiv.

»Geh hoch, Nika«, sagte er mit seiner tiefen Stimme. Ich war erstaunt, aber ich ließ mir das nicht zweimal sagen.

NIKa

Es war mir egal, dass ich mich nicht abgeschminkt hatte. Ich wollte mein neues Handy testen. Wollte Igor erreichen. Denn das lenkte mich ab. Über Darryl und seine Launen nachdenken wollte ich nämlich nicht. Nein, ganz und gar nicht.

Ich stellte das Handy an und gab die PIN-Nummer ein, die auf einem Zettel stand.

»Wow, Darryl war vielleicht wütend!«, stellte JJ die Tatsache fest, die ich leibhaftig mitbekommen durfte. Sie schien schon duschen gewesen zu sein. Wer war sie? Flash Gordon?

Als ich die Verbindung starten konnte, hielt ich mir schnell das Handy ans Ohr. Nur um festzustellen, dass die Mailbox ranging. Schnell legte ich wieder auf. Wann hatte Igor jemals seine Mailbox anspringen lassen? Das kam gefühlt nie vor!

»Alles okay?«, hakte sie nach und setzte sich seufzend auf einen Sessel. Sie trug diesmal enge Leggings und ein Shirt. Die Regel nackt herumlaufen zu müssen, galt wohl nicht immer. Wobei sie keinen BH unter dem Shirt trug. JJ war nun mal ... JJ.

»Ich erreiche Igor nicht ...«, flüsterte ich seufzend. Wo war er? Er war nicht auf meiner Hochzeit, Dad wollte nichts sagen ... ich befürchtete das Schlimmste.

»Ich hoffe mal nicht, dass er dein Macker war oder so. Wenn ich so was geheim halten muss, dann ...«

»Nein. Igor war wie mein ...« Dad, wollte ich sagen. Tat es aber nicht. »Er war zwanzig Jahre älter als ich und immer für mich da. Es war nicht so, wie du denkst.«

JJ blickte mich so nachdenklich an, als würde sie die Wahrheit suchen und auch finden können. Aber DAS war nun mal die Wahrheit. Igor war der Vater, den ich niemals bekommen hatte. Toll, jetzt hab ich es doch gesagt! Zumindest gedacht.

»Verstehe«, sprach JJ in die Stille hinein.

»Er war der Einzige, der mich ... verstanden hat.«

Ich musste lächeln. Einfach weil Igor auch der Einzige war, der mich zum Lächeln brachte, der mich in den Arm nahm und tröstete. Er war nicht nur mein Bodyguard. Igor hatte mich verstanden.

»Er wird sich schon melden. Du hast ja jetzt wieder ein Handy und bist für die Welt erreichbar.«

Irgendwie klang sie nicht besonders euphorisch. Vermutlich wusste sie wie ich, dass es auch ganz anders sein konnte. Nämlich dass Igor nie wieder anrufen würde, weil er es nicht mehr konnte.

»Im Übrigen wollte ich dir gratulieren«, fing JJ jetzt mit einem ganz anderen Thema an.

»Gratulieren?«

»Na, du schaffst es, Darryl so auf die Palme zu bringen, dass das ganze Haus Schiss bekommt. Was hast du dir nur dabei gedacht, ihn so anzumachen, Nika? Wobei, mich wundert gar nichts mehr. Ihr zwei in einem Raum und selbst der Kühlschrank erwärmt sich! Wirklich wahr, Rosa hat deswegen gemeckert.« Sie grinste und ich grinste.

Dann besann ich mich wieder darauf, dass Darryl doch der Irre mit dem Messer war.

»Wir hatten Spaß zusammen, JJ. Echten Spaß. Und der Idiot vermasselt es, indem ...« Doch sie ließ mich gar nicht ausreden, denn sie übernahm das Ruder.

»Du meinst, als er dich in Schutz genommen hat und allen klarmachte, dass du zu ihm gehörst? Nichts anderes war das. Er musste es tun. Du kannst das nicht wissen, aber die Heirat mit dir hat ihm vielleicht Vorteile verschafft, aber seine Dealer, die Cops oder das besoffene Volk denken da anders. Sie sehen nur, dass du Micaels Tochter bist. Er hat dir damit den Arsch gerettet. Glaub mir, nach der Aktion glaubt niemand mehr daran, dass du nicht zu Darryl gehörst. Und wer zu ihm gehört, gehört keinem anderen.«

»Damit ich das richtig verstehe ...« Mein Verstand lief auf Hochtouren. »Er wollte mich beschützen?«

»Natürlich. Es mag ausgesehen haben, als hätte er das geplant, aber er hat es nicht böswillig gemeint. Wir regelt ihr drüben denn so was?«

Wie wir das regelten? Dad hätte angewiesen, dem Kerl, der mich berührte, eine Kugel in den Kopf zu jagen. Aber nicht, um irgendjemanden zu beweisen, dass ich beschützt wurde. Nein, weil er zeigen wollte, wie großartig er war!

»Ich versteh dich, Nika. Wirklich. Du bist nie freiwillig seine Frau geworden, aber sieh nicht nur seine Dunkelheit. Sieh genauer hin!«

Wow. Und das aus dem Mund einer Nutte.

»Warum bist du hier, JJ?«

Die Frage schien sie zu überraschen, als sie aufstand, um zur Tür zu gehen. Für sie war das Gespräch wohl beendet.

»Du bist klug. Du musst das hier nicht tun, verstehst du?«, sprach ich weiter, als sie nichts sagte. Sie lächelte mich an, als wollte sie mir noch etwas dazu sagen, aber sie tat es nicht und ließ mich allein zurück.

Ich stand vor ihm. Ungelenk. Nervös. Ängstlich. Gleich würde ich ihm sagen, dass ich seine Frau werden würde. Mit einem einzigen Satz, mit wenigen Buchstaben. »
… und jetzt frage ich dich, Nika Antonia Eliza Vulkova. Möchtest du den hier Anwesenden, Darryl Matthew Wood, zu deinem Mann nehmen. Ihn lieben und ehren, bis dass der Tod euch scheidet. So antworte mit ›Ja, ich will‹.«

Die Verzweiflung nichts tun zu können, als eben dieses »Ja, ich will« zu antworten, war erdrückend. Das änderten auch nicht die schönen rosa Rosen, die als Dekorationen den Raum verschönern. Woher er wusste, dass das meine absoluten Lieblingsblumen waren, hatte ich keine Ahnung. Aber das war auch gerade völlig wurscht.

Ich spürte seine Hand, die meine nahm. Er hatte mir bereits den Ring angesteckt. Überraschenderweise sollte ich ihm auch einen anstecken. Und dann schaute ich in seine Augen. In die Augen eines genauso irren Mafiosi wie meinen Dad. Warum aber verspürte ich keine Angst? Er schaute nicht wütend aus, ja, aber das mussten solche Männer auch nicht. Sie verströmten genug Boshaftigkeit für alle in diesem Salon. Aber nicht jetzt. Jetzt sah ich einfach einen attraktiven Mann in einem Anzug. Und er lächelte. Darryl lächelte so ehrlich, dass ich die Worte aussprach:.

»Ja, ich will.«

Darryls Lächeln wurde größer und plötzlich redete der dicke, alte Pastor von einem Kuss, den ich völlig vergessen hatte. Aber anstatt mich auf die Lippen zu küssen, hauchte er mir rechts und links zwei sanfte und leichte Berührungen auf die Wange. Sie erinnerten mich an Küsse, aber ... irgendwie auch nicht. Das Leuchten in seinen Augen, als er zu mir herunterblickte, war verführerisch. Wäre er nicht Darryl Wood und ich nicht Nika Vulkova, wäre das hier vielleicht etwas Gutes geworden. Aber das war es nicht.

Warum also fühlte das Gefängnis, in das ich eingeheiratet hatte, sich nicht so an wie ein Gefängnis?

Ich wachte auf mit diesen Erinnerungen in meinem Kopf. Unsere Hochzeit. Nein, ich meinte meine Hochzeit mit dem Teufel. Selbst meine Gedanken betrogen mich schon!

Ich schaute instinktiv auf die Couch, die leer war. Darryl schlief hier nicht. Wobei ich ihn sowieso nie hier gesehen hatte.

Warum auch immer, ich verließ mein Bett, zog mir meinen Morgenmantel über und verließ das Zimmer.

Es war dunkel. Laut Uhr an der Wand war es knapp drei Uhr in der Früh. Niemand schien mehr wach zu sein. Kein Bodyguard stand an der Tür, als ich die Treppe herunterging. Die Haustür war wenige Meter von mir entfernt. Vielleicht wäre jetzt der beste Zeitpunkt abzuhauen?

Ein Geräusch ließ mich aufhorchen. Es kam aus Darryls Büro. Ohne zu überlegen, ging ich langsam zu seiner Tür und bemerkte sofort das Licht, das darunter hervorschien.

Warum auch immer, ich klopfte erst, bevor ich die Tür dann öffnete.

Darryl lag auf seiner Ledercouch, als wäre er betrunken. Was er tatsächlich war, denn er schien die ganze Zeit damit zu kämpfen zu haben, überhaupt wieder aufzustehen.

»Ach, meine holde Ehefrau!« Jepp, er nuschelte leicht. Sein Blick lag schwer auf mir, seine Augen glänzten trüb, als ich näher kam.

»Du bist betrunken«, stellte ich kühl fest.

»Ach, echt?« Darryl schnaubte, versuchte wieder aufzustehen, verlor aber gegen sein nicht vorhandenes Gleichgewicht. »Hübsch und clever. Eine gefährliche Mischung.« Das Kompliment konnte er sich mit diesem Ton abschminken.

Ich konnte mir das Elend nicht weiter ansehen, also half ich ihm auf. Wieder schwankte er und mir stieg der Geruch von Whisky in die Nase. Die leere Flasche auf dem kleinen Tisch und das Glas bestätigten meine Annahme.

»Shit, es dreht sich alles ...« Mit dem Satz riss er mich mit auf das Sofa zurück. Ich lag auf seinem Schoß, er tief in der Polsterung. Unter dem Whiskygeruch konnte ich noch sein Parfum riechen. Ich mochte seinen Geruch.

»Sorry«, sagte er, und ich stützte mich etwas auf, damit ich hier wieder wegkam. Aber das war gar nicht möglich. Seine Hände fassten meine Hüfte und ich erstarrte. Mein Haar fiel ihm fast ins Gesicht, und doch schaute er mich nur aus diesen müden und trüben Augen an. »Bist du noch wütend auf mich?«

Was? Das musste der Alkohol sein. Der sprach mit mir, nicht Darryl.

»Nein, bin ich nicht. Jetzt lass mich runter und wir ...« Sein Griff wurde etwas stärker. Ich erstarrte.

»Du darfst nicht so wütend sein wie sie. Ich ertrag nicht, wenn ...«

»Sie?«, hakte ich nach und er seufzte gequält auf. Dann schloss er kurz die Augen.

»Ich hab definitiv zu viel getrunken!«

Ja, hatte er. Aber vielleicht war das meine Chance, endlich mal den echten Darryl kennenzulernen.

»Wer ist sie, Darryl?«

»Meine Mom«, antwortete er und blickte mich wieder an. »Bevor sie starb, war sie wütend auf mich.« Als würde er darauf warten, dass ich auf diese Information reagieren würde. Aber was sollte ich dazu sagen?

»Wann ist sie gestorben?«, fragte ich ihn mit sanfter Stimme.

»Als ich 13 war.«

Also war er ein Junge in der Pubertät und verlor seine Mutter.

»Ich war 8«, antwortete ich ihm und lächelte. Es war dieses »Wir beide kennen das also«-Lächeln. Eines, dass ich niemanden mehr wünschen würde.

»Acht«, wiederholte er, als würde er diese Information dringend benötigen. Vermutlich half das wirklich, denn die kreisenden Bewegungen, die er mit dem Daumen an meiner Hüfte machte, fühlten sich nicht schlecht an.

»Krebs«, antwortete ich zum besseren Verständnis und dachte darüber nach, wann ich das letzte Mal über sie gesprochen hatte. Das musste ... Jahre her sein.

»Überdosis«, sprach er und wartete auf meine Reaktion, die natürlich sofort kam. Ich holte tief Luft und versuchte mich an den kleinen 13-jährigen hilflosen Jungen zu erinnern, der damals seine tote Mutter gefunden hatte. Und an die Wunden, die er immer noch mit sich trug, wegen dieses Erlebnisses. Die Whiskyflasche bestätigte das.

»Du hast sie gefunden«, stellte ich fest. Eigentlich hatte ich den Wunsch, dass dieser Gedanke einfach nur ein Gedanke war, aber als ich in seine schmerzverzerrten Augen sah, wurde auch das Realität.

»Darryl, es …«

»Entschuldige dich nicht, Nika. Das musst du nicht.«

»Sie war deine Mom. Natürlich tut es mir leid. Sie ist nicht mehr da, und du musst damit klarkommen. Das ist nicht fair.« Vielleicht sprach ich auch von meinen eigenen Erfahrungen, aber anscheinend half diese kleine Ansprache Darryl. Denn er lächelte.

»Nimmst du mich gerade wirklich in Schutz? Mich?«

Jep, ich konnte es auch kaum glauben. Tatsächlich ergriff ich Partei für ihn. Für sein 13-jähriges Ich.

»Sie hätte dich gemocht«, schlussfolgerte er plötzlich.

Ich wurde rot, aber so richtig, denn mit dem Blick, den er mir jetzt zuwarf, und der dicken Beule in seiner Hose, wurde die Temperatur hier im Zimmer richtig heiß.

Meine Haut fühlte sich plötzlich warm an. Seine Bewegung mit dem Daumen stoppte rasch, als er die Veränderung auch bemerkte. Was zum Teufel sollte das denn jetzt hier? Ich wollte ihm doch nur aufhelfen?

»Ich will dich, Nika«, sagte er plötzlich, schluckte und drückte eine meiner Pobacken. Heiliger …

Ich musste schlucken, weil das mein Körper genauso sah, aber nicht mein Kopf. Niemals!

»Ich will dich aber nicht!«, antwortete ich mit einer so festen Stimme, wie es mir gerade möglich war.

Ohne Zögern, entfernte ich mich von ihm. Aber er war schnell. Er stand auf und schwankte nur sehr kurz.

»Du lügst. Dein Körper sagt etwas ganz Anderes. Weißt du, wie warm du dich unter dem Mantel angefühlt ...«

»Halt den Mund!«

Er grinste, weil ich es nicht hören wollte. Sein Hemd, das er auch vorhin im Club getragen hatte, war mittlerweile zerknittert. Seine Haare standen in jede Richtung ab und es gefiel mir. Darryl als Mann gefiel mir. Oh Gott, ich muss betrunken sein, nicht er!

»Hol dir Claudia, wenn du unbedingt was loswerden ...«

Er war schneller da, als ich überhaupt Luft holen konnte. Sein Griff um meine Oberarme war fest, aber nicht schmerzvoll.

»Du willst also wirklich, dass ich Claudia hole, damit sie mir das gibt, was du mir geben sollst?«

»Ich werde dir gar nichts ...«

Er packte meinen Nacken, damit ich ihn ansehen musste. Sein Ausdruck war furchteinflößend, aber ich hatte keine Angst.

Meine Brustwarzen waren aufgerichtet, er spürte es mit Sicherheit. Sein Oberkörper presste sich gegen meinen. Sein dicker Schwanz drückte gegen seine Jeans und auch ich spürte ihn an meinem Bauch. Oh Gott, ich will ihn auch!

»Du willst doch frei leben, oder Nika?« Ich war völlig perplex. »Du willst das tun, was du tun willst! Nicht, was andere für dich entscheiden. Du willst dein Ding machen. Dann tu es.«

Seine Lippen waren nur Zentimeter von meinen entfernt und dann küsste ich ihn. Ich wartete nicht ab, ich nahm mir das, was ich JETZT wollte. Ich wollte Darryl.

Er beantwortete meinen Kuss mit einem Stöhnen, das mich erschaudern ließ. Es dauerte nur Sekunden, da hatte er mich ausgezogen, auf den Arm genommen, mich an die Wand gedrängt und begonnen meine Brüste zu lecken. Die Liebkosungen waren rau. Es war alles, was ich brauchte.

Ich zog an seinen Haaren, damit er mich auf die Lippen küssen konnte. Seine Hose flog auf den Boden, seine Finger fanden meine Öffnung und vollführten ein Meisterwerk. Ich stöhnte, und ritt auf seiner Hand, während ich von seinem Körper an die Wand gepresst wurde.

»Komm«, murmelte er mir ins Ohr, während er es mir weiter mit den Fingern besorgte. Und als hätte ich nur auf seine Bestätigung gewartet, kam ich laut und hemmungslos. Ich erschlaffte in seinen Armen und japste nach Luft, aber es war noch nicht zu Ende. Seine Hand, die gerade noch in mir war, leckte er ab, um mir sie dann auf meine aufgerichteten Nippel zu legen. Sanft drückte er zu, während er mich ohne mit der Wimper zu zucken anschaute.

»Nika ...« Es war eine Frage. Eine Frage, ob er weitergehen durfte und ich dachte nicht einmal darüber nach. Das brauchte ich nicht. Ich nickte.

Er lächelte. Es war dieses seltene ehrliche Lächeln voller Freude und es tat gut, es zu sehen. Das beruhigte mich. Und es machte diese ganze Situation einfacher. Denn so etwas machte ich normalerweise nie.

Bevor ich weiter darüber nachdenken konnte, was das bedeutete, spürte ich schon seinen dicken harten Schwanz an meinem Eingang. Darryl knetete meine Brust, ich klammerte mich wie verrückt an ihn, wusste aber, dass er mich niemals loslassen würde. Dann drang er langsam in mich ein, so, als würde er wirklich aufpassen, dass mir nichts passierte. Dass mir nichts wehtat. Dass er mir nicht wehtat.

Wir stöhnten beide hemmungslos. Es war uns beiden egal, ob man uns hören konnte. Als er sich ganz in mich versenkt hatte, blieb er kurz regungslos.

»Das ist ...«

»Beweg dich, bitte.« Ich flehte ihn an und es war mir egal. Er musste mich nehmen. Meine Muschi pulsierte. Ich pulsierte. Auch wenn ich schon meinen Orgasmus hatte. Meinen ersten überhaupt wohlgemerkt. Ich wollte noch einen. Und ich wusste, dass ein Mann wie Darryl genug Erfahrung besaß, um ihn mir zu schenken.

»Schhh, Nika. Ich will das genießen. Ich will dich genießen!«

Seine Worte bewirkten nur, dass ich feuchter und ungehaltener wurde.

»Bitte ...« Meine Stimme klang kratzig und verzweifelt.

Auf einmal packte er mein Kinn und drückte fester zu.

»Du willst es also hart?«

Was dachte er denn? Natürlich. Das hier sollte eine einmalige harte Nummer werden ...

Ich konnte nicht mal antworten, da zog er sich zurück, um dann wieder fest zuzustoßen. Er stöhnte, ich schrie. Immer fester pumpte er in mich. Mein Rücken klatschte an die Wand, es tat weh und war einfach himmlisch.

Sein Schwanz war groß, das konnte ich fühlen. Nichts anderes hatte ich erwartet. Immer wieder musste ich ihn küssen. Seine Zunge war hemmungslos, wild, animalisch. Ich wurde mutiger und biss ihm in die Unterlippe. Darryl schrie deswegen, und seine Stöße wurden unglaublicherweise noch härter.

Ich war nah dran. So verdammt nah dran.

»Du kommst, und wehe nicht!« Diesmal machte mir sein Befehl nichts aus. Wenn, dann törnte es mich nur noch mehr an.

»Deine Augen ... ich sehe es. Du kommst!«

Ich hatte nicht mitbekommen, dass er mich beobachtete. Immer wieder verbiss ich mich in seiner Schulter, dann hatte ich meinen Kopf an die Wand gelehnt, damit er mich weiter einfach hart ficken konnte.

Jetzt starrten wir uns beide an, und es war nicht unangenehm. Das Feuer - sein Feuer -, während er sich in mir bewegte, war in seinen Augen zu lesen. Es war wunderschön. Er biss immer wieder die Zähne zusammen, bis ich ihn schneller atmen hörte und auch seine noch wachsende Erektion in mir spürte. Er war auch kurz davor ...

»Gott, Darryl ... Ja. Bitte ...«

»Du bist so geil!«, stöhnte er und massierte mit der Hand noch meine Muschi. Ich konnte nicht mehr. Mit einem lauten Schrei kam ich zu meinem Orgasmus und auch Darryl beendete es mit einem lauten Ruf.

Wir waren völlig außer Atem, als ich mich langsam entspannte. Das war also ein Orgasmus beim Sex! Wow. Mein erster Orgasmus ...

Als hätte man mir eiskaltes Wasser über den Kopf gekippt wurde mir gerade schlagartig klar, mit wem ich dieses Erlebnis teilte.

Darryls Kopf hing seufzend auf meiner Schulter. Er war noch immer in mir. Oh Gott, Darryl Wood ist immer noch in mir!

 Darryl

»Ich denke, die zwei kleinen Gangs werden kein Problem mehr darstellen«, erklärte mir Mr. Roberts und lächelte, als würde er den Dreck wirklich ernst meinen.

Wir saßen in meinem Büro und heute war die wöchentliche Berichterstattung. Roberts war ein kleiner Kredithai, der aufpassen sollte, dass niemand sein eigenes Geschäft führte. Denn ich war nun mal derjenige, der für die Jobs sorgte. Also hatten die Leute sich an Regeln zu halten. Keine illegalen Deals ohne mein Okay.

»Du hast es also unter Kontrolle?«, hakte ich noch einmal nach.

Ich saß auf meinem Stuhl und konnte genau in die Ecke starren, in der ich Nika vor weniger als 12 Stunden gefickt hatte. Verdammt, ich hatte sie zweimal kommen lassen. Zweimal. Die Frauen vor ihr waren mir so dankbar, dass sie es mir noch einmal besorgten. Und was tat meine Frau? Sie zog sich an und konnte mir dabei nicht mal ins Gesicht sehen. Dann noch dieser Satz, der noch immer nicht ganz bei mir angekommen war. »Das wird nicht noch mal passieren.« Nicht mal reagieren konnte ich darauf, da war sie schon aus dem Zimmer geflohen. Denn das war es: Eine Flucht! Vor mir!

»Davon können Sie ausgehen, Mr. Wood.«

Roberts war mindestens zehn Jahre älter als ich und so verlebt, wie es ein Kredithai nur sein könnte. Da machte er schon Kohle und konnte sich nicht mal Zähne leisten.

»Warum schwimmen dann immer wieder Leichen im Hudson? Praktisch vor deiner Tür?« Die Farbe entwich seinem Gesicht. Bingo! »Was glaubst du, warum ich Regeln aufstelle? Zum Spaß?«

»Mr. Wood. Ich ... ich versichere Ihnen ...«

Mit der Faust klatschte ich laut auf meinen Schreibtisch. Er verstummte.

Mann, war ich angepisst. Roberts dachte, er könnte in meinem Revier tun und lassen, was er wollte. Selbst meine Ehefrau dachte, sie könnte sich nach der Nummer in der Nacht einfach so verdrücken. Nicht mit mir!

»Und ich denke, ich sollte jemand anderem mein Vertrauen schenken.«

»Aber ... Aber Mr. Wood ...«

Charlie tauchte genau zum richtigen Zeitpunkt auf.

»Begleite Mr. Roberts bitte hinaus, und sorg dafür, dass sein Job ab sofort von einem vertrauenswürdigen Mann übernommen wird.«

»Alles klar, Boss.«

Roberts wehrte sich nicht. Er wusste, er hatte es verkackt. Charlie wusste, was er zu tun hatte, und ich wusste, dass man Roberts nie wiederfinden würde. Nicht in einem Stück. Niemand machte hinter meinem Rücken Geschäfte. Niemand!

Ich blickte in die Akte. Zwölf Menschen verloren wegen Roberts Gier nach Macht ihr Leben in den letzten Monaten. Die Frauen wurden meistens nackt aufgefunden, vergewaltigt und missbraucht. Das war ab sofort vorbei.

Ich sah ihren blonden Schopf an der Tür vorbeigehen. Sie war schnell. Aber nicht schnell genug für mich.

Sie war wie ein Magnet, der mich zu ihr zog. Oder es war die Wut darüber, dass Nika sich einfach verpisst hatte, nachdem wir gevögelt hatten. Und ich Idiot hatte davor noch herumgeheult wegen Moms Todestag. Gut, das hatte ich ihr nicht gesagt, aber es war genug, um mich rasend vor Zorn zu machen. Nie redete ich über Mom. Nie! Und ich dachte unten in meinem Büro hätte ich die Ruhe dazu, mir einmal zu gestatten über sie nachzudenken. Aber nein, meine Ehefrau musste ja herumschleichen, mir den Kopf mit diesem durchsichtigen Seidenmantel verdrehen und sich dann verpissen, als hätte sie nicht genossen, was ich mit ihr gemacht hatte.

Claudia stellte sich vor mich, als ich aus dem Büro kam. Ich ließ sie nicht mal reden, als ich dann Richtung Küche lief. Es gefiel mir nicht, dass sie zu Rosa lief. Aber was gefiel mir momentan überhaupt?

»Morgen, Rosalie«, hörte ich Nika reden.

»Guten Morgen, Kind. Du siehst heute müde aus. Hast du nicht gut geschlafen. Oh, hallo mein Junge!«

Mist! Ich hätte vielleicht wieder versteckt stehen sollen, jetzt hatte Nika mich schon gesehen und die Giftpfeile, die sie mir Entgegenschoss, waren Oscar-würdig. Mann, wann hatte mir jemals eine Frau solche Blicke entgegengeworfen? Wenn ich sie nicht mehr angerufen hatte? Nein. Das würden sie sich bei einem Wood nicht trauen. Schon früher nicht. Als mein Dad die Geschäfte noch gemacht hatte. Damals wussten die Weiber schon, dass ich eine zu große Nummer war, um ihre Missgunst zu erlangen.

Aber Nika war anders. Sie war bereits meine Frau, und dennoch schien sie mich zu hassen. Wobei sie diese Leidenschaft gestern nicht gespielt hatte. Wenn sie mich wirklich nicht gewollt hätte, dann hätte sie das gesagt! Warum nahm sie sich jetzt den Scheiß heraus, zu tun, als hätte sie das nicht gewollt? Verflucht noch mal: Ich hatte nichts falsch gemacht!

»Möchtet ihr einen Kaffee? Frühstück? Was kann ich euch Gutes tun?«

Rosa schaute von links nach rechts. Kein Wunder. Ich hatte ihr heute nicht aufgetragen, überhaupt irgendwas zu kochen. Und das passierte praktisch nie. Und jetzt diese Szene hier in der Küche.

»Lässt du uns bitte allein, Rosa? Deine Küche gehört dir gleich wieder.«

Sie seufzte so theatralisch, dass ich fast wieder ein schlechtes Gewissen bekam. Das konnte nur Rosa.

»Gut, aber wehe du benimmst dich nicht, mein Junge. Nika ist ein liebes Mädchen, man behandelt liebe Mädchen nicht so.«

Mit nicht so wusste ich, was sie meinte. Sie hasste die Nutten im Haus, sprach mit Ausnahme von JJ mit keiner der Weiber. Für sie war das »vergeudete Zeit« und ich verstand sie. Rosa träumte davon, dass ich »mein Glück« fand. Dass dieses Glück Nika war, daran zweifelte sie und auch ich nicht. Aber Nika anscheinend schon, und ehrlich, ich hatte es satt, es wie nach JJ's Vorschlägen zu versuchen.

»Lass sie erst einmal ankommen, Boss. Nika weiß nicht, was sie hier tun soll. Sie denkt, du willst ihr etwas Böses. Und glaub mir, die Kleine hat mehr durch, als wir ahnen. Deswegen mag ich sie. Ich verspreche dir, wenn du es langsam angehen lässt, ihr zeigst, dass du nicht immer nur Mafia spielst, dann wird sie dich auch schätzen lernen.«

Dass ich auf sie hörte, war nur meiner Verzweiflung geschuldet, nicht mit Nika umgehen zu können. Aber auch das war jetzt vorbei. Sie wollte, dass ich sie fickte.

»Warum schickst du sie raus?« Nika war also direkt auf Konfrontation aus.

Gut, damit kam ich am besten zurecht. Mit dem Thema Mom und warum ich mich deswegen besoffen hatte, weniger.

»Warum bist du gestern einfach abgehauen?«

»Ich …« Sie stand an der Rückeninsel, ich auf der anderen Seite. Vorsichtig arbeitete ich mich weiter zu ihr vor, aber mit langsamen Schritten. Sie bemerkte es sofort. Heute trug sie eine schwarze Seidenhose, dazu eine rosa Bluse. Nika sah hübsch aus, trug wenig Make-up, aber das brauchte sie sowieso kaum. Ich könnte sie schon wieder ficken. »Ich weiß nicht, was du meinst.«

Meine Augenbraue schoss in die Höhe, weil sie wirklich einen auf Erinnerungslücke machen wollte?

»Darling, ich war betrunken und erinnere mich trotzdem. Warum solltest du also plötzlich Erinnerungslücken haben?«

»Das hatte nichts zu bedeuten! Es war ein Fehler! Ich wollte gar nicht …«

Bevor sie etwas sagte, was sie nicht so meinte und mich verdammt wütend machte, schloss ich zu ihr auf und zog sie dicht an mich. So wie gestern Nacht!

»Bevor du dir und mir versuchst einzureden, dass es nichts Besonderes war, lass mich eines sagen: Du bist erst in mein Büro, obwohl du die Haustür hättest nehmen können. Sie war nicht abgeschlossen.«

Ihr Mund öffnete sich. Sie wusste nicht, was sie sagen sollte. Tja, da wären wir schon zwei, wenn da nicht diese Wut wäre. Nika wollte wirklich so tun, als wäre nie etwas zwischen uns passiert.

»Du bist lieber zu mir gegangen, als den Versuch zu wagen zu fliehen. Das ist Antwort genug für mich. Egal, was du mir hier auftischen willst!«

Wieder öffnete sie den Mund, um etwas zu sagen. Aber es kam nichts heraus.

»So wie du gekommen bist, bist du noch nie gekommen, oder?«

Sie nickte, wobei ich eigentlich dachte, gar keine Antwort von ihr zu bekommen. Das beflügelte mich noch mehr. »Wünschst du dir, dass wir es hier treiben? In der Küche?«

Ihre Augen weiteten sich erst schockiert, dann nahmen sie einen verheißungsvollen Glanz an.

»Darryl Matthew Wood. Ich hoffe mal, dass ich mich verhört habe. Nicht in meiner Küche«, zickte Rosa herum. Sie war also wieder da. Ich seufzte, als Nika wieder Abstand nahm, sich durch ihr Haar fuhr und sich an einem aufgesetzten Lächeln versuchte.

 NIKA

Ich griff mir ein Handtuch, meine Wasserflasche und lief hinunter. Oben war kein Fitnessraum, aber unten müsste einer sein. Nach der Sache in der Küche musste ich mich ablenken. Mehrmals hatte ich Andie oder Rick verschwitzt im Haus herumlaufen sehen und solche Brocken wie die beiden würden ihren Körper sicher nicht zum Joggen bewegen können.

»Suchst du etwas?«

Ich kreischte fast, aber intuitiv hielt ich die Klappe, während ich mich umdrehte. Charlie machte sich absolut nichts daraus, dass ich wegen ihm fast an einen Infarkt gestorben wäre.

»Es wäre wirklich von Vorteil, wenn du deine Schützlinge nicht immer so in Panik versetzen würdest. Das wäre doch kontraproduktiv, oder? Wenn sie deinetwegen einen Herzinfarkt bekämen!«

Darryl wäre sofort darauf angesprungen, aber nicht Charlie. Der Riese blickte mich einfach nur kühl an. Ich seufzte, nachdem einfach keine Reaktion von ihm kam. »Ich suche den Fitnessraum.«

Erst jetzt schien er meine Aufmachung - Leggins und Top - zu bemerken. Aber anstatt mich genauer zu betrachten, nickte er und lief voraus.

Stumm folgte ich ihm. Erst durch die Küche, dann hinunter in den Keller ...

Meine Schritte wurden langsamer, als wir die Treppe hinuntergingen, aber hey, wenn er mich umbringen wollte ...

»Dann hätte ich es längst getan«, antwortete er mir und mir wurde bewusst, dass ich das wohl laut gesagt hatte.

Erleichtert darüber, dass der Keller einfach nur ein riesiger Fitnessraum war, lächelte ich. Hier standen wirklich die modernsten Geräte. Crosstrainer, Hantelbank für die Riesen, Stretching-Ecke. Wow. Stand da etwa eine Sonnenbank? Vermutlich für die Weiber ... Wobei der Gedanke, dass der fast zwei Meter große Charlie darunter liegen könnte, wirklich amüsant war.

»Weißt du, wie du alles benutzen kannst?«

»Danke. Ich hab mein Studium in Quantenphysik erst letztes Jahr abgeschlossen. Ich komm zurecht!«

Als hätte ich völlig den Verstand verloren, starrte er mich an, ließ mich dann aber endlich allein. Natürlich würde er vor der Tür stehen, aber mir war das egal.

Erst war der Crosstrainer dran. Ich begann mit einem langsamen Tempo, um warm zu werden, und es fühlte sich so gut an, wieder sportlich aktiv zu sein.

Sofort kamen mir die Bilder von gestern Nacht wieder in den Kopf. Ich an der Wand und Darryl in mir.

»Verdammt!« Irgendwie war das keine langsame Runde auf dem Crosstrainer mehr. Irgendwie wollte ich mehr Gas geben als ich mir vorgenommen hatte. Zehn Minuten später war ich völlig fertig. Der Schweiß rann mir nur so aus allen Poren.

Okay, ich brauchte einen kühlen Kopf. Sport half mir doch immer runterzukommen, mich zu entspannen.

Warum also auch nicht jetzt? Es war nur Sex gewesen. Guter Sex. Fantastischer Sex. Aber mit dem falschen Mann. Also, was war das Problem? Millionen von Frauen hatten One-Night-Stands und lebten ihr Leben weiter.

»Nur keiner war mit ihrem One-Night-Stand verheiratet«, sprach ich mein eigentliches Problem aus und beendete die Aufwärmrunde auf dem Crosstrainer. Ich nahm mir einen großen Schluck aus der Wasserflasche und dachte an heute Morgen. Wie immer war ich aus der Küche geflüchtet. Rosalie hatte Darryl in der Mangel und erklärte ihm immer wieder, was in *ihrer* Küche erlaubt war und eben nicht. In einer anderen Situation hätte ich mir das ja gerne angehört. Darryl wurde so gut wie nie zusammengeschissen. Aber nicht heute. Er hatte mich in der Küche angemacht, schon wieder, und ich hatte ihm nichts anderes entgegenzusetzen als ein glühendes Feuer, das er am liebsten löschen sollte. Was war denn los mit mir? War ich zu lange sexlos gewesen? Brauchte ich es so dringend, dass es unbedingt Darryl sein musste?

Ein Schnauben ließ mich aufsehen.

Claudia lief splitterfasernackt die Treppe herunter und schaltete die Sonnenbank in der Ecke ein. Was zum Teufel war los mit dieser Frau? Wo war ihr Handtuch? War das zu viel verlangt? Ein simples Handtuch mitzunehmen?

Ja, sie hatte einen tollen Körper, und ja, sie wusste damit anscheinend sehr gut umzugehen. Aber was brachte ihr das? Die Gier der Männer? Toll, von Selbstachtung hielt sie wohl gar nichts!

»Für Sport ist es wohl schon etwas zu spät, oder?«
Claudia lächelte so zickig, dass ich das Band wütend
zu Boden fallen ließ. Ihr gefiel, dass ich darauf ein-
ging, und mich kotzte es an, dass ich darauf hereinfiel.

»Was ist eigentlich dein Problem?«, fauchte ich sie an.

»Mein Problem?« Ihre perfekt gezupfte Augenbraue
schoss in die Höhe.

»Ich kenne mein Problem mit dir. Was ist deines?«
Ich erkannte Unsicherheit an einem Menschen,
wenn ich ihn ansah. Das hatte mich mein Vater ge-
lehrt.

»Du wolltest seine Frau werden«, schlussfolgerte
ich. »Das weiß jeder hier im Haus, oder?«

»Was weißt du denn schon?«, antwortete sie laut
und gereizt. »Als Vulkova-Bitch kannst du froh sein,
überhaupt noch atmen zu können!«

»Das reicht!« Charlie kam die Treppe herunter und
starrte Claudia so wütend an, dass selbst ich Angst
bekam. »Geh nach oben.«

Zerknirscht lief sie los.

»Und, Claudia?« Auf der ersten Stufe drehte sie sich
noch einmal um. Ihre Nacktheit war immer noch irritierend. »Zieh dir was an!«

Sie schaute noch wütender aus. Wenn das überhaupt ging. Obwohl sie High Heels trug, stampfte sie
die Treppe hoch. Hauptsache, sie machte noch Geräusche, wenn sie sich verzog.

»Danke.« Es war ehrlich gemeint, weil ich wirklich
nicht wusste, was ich sonst mit Claudia gemacht hätte.
Wobei ... Darryl hätte sicher kein Problem gehabt,
eine Leiche verschwinden zu lassen.

»Kann ich sonst noch etwas für dich tun, Nika?«

Er benutzte immer öfter meinen Vornamen. Das sah ich als großen Fortschritt an. Immerhin spie er meinen Namen nicht so angewidert aus wie meinen Nachnamen.

Aber da er gerade fragte und ich jemanden brauchte, der mit mir trainierte, wagte ich einen Versuch.

»Du trainierst bestimmt mit Gewichten. Und musst deine Kampftechniken sicher auch immer wieder auffrischen«, plapperte ich drauflos.

Charlies Miene verzog sich fragend. Er hatte absolut keine Ahnung, was ich von ihm wollte.

»Ich bräuchte einen Trainingspartner. Lust?«

Falsche Frage. Ob Charlie überhaupt irgendwelche Gefühle zeigen konnte, war mehr als fraglich. Aber nach einer Weile nickte er. Ein Anfang …

Charlie brauchte nur zehn Minuten, dann kam er mit einer Jogginghose und einem simplen Shirt herunter. Die Klamotten vermenschlichten ihn irgendwie.

Ich stand schon auf den Matten und freute mich wie ein kleines Mädchen. Als hätte ich schon Jahre keinen Kampfsport mehr gemacht. Aber es lag noch nicht lang zurück. Igor und ich hatten kurz vor unserer Abreise nach New York noch trainiert.

»Bereit?« Ich zuckte kurz zusammen, so tief war ich in meine Gedanken versunken. Charlie stand ganz ruhig neben mir, als ich meine Kampfhaltung einzunehmen begann. Für einen Moment meinte ich ein kurzes Schmunzeln in seinem harten Gesicht zu erkennen, aber vielleicht hatte ich mir das auch nur eingebildet.

Zehn Minuten später landete ich zum achten Mal auf der Matte. Mein Rücken schmerzte, meine Knie wollten nicht mehr und meine linke Pobacke zuckte auch. Warum es die rechte nicht tat, keine Ahnung ...

»Wer hat dich trainiert?«

Charlie wollte mir aufhelfen, aber ich winkte ab. Es war hier unten eigentlich sehr gemütlich. Wobei ich eher Schiss hatte, mir mein Rückgrat ganz zu brechen, wenn ich mich jetzt bewegte.

»Ich hab immer mal mit meinem Bodyguard Igor trainiert.«

»Hat er dir das auch mit dem Ellbogen gezeigt? Interessante Nummer.«

Interessant? Ich kam nicht mal annähernd in die Nähe seines Kopfes. Aber er war überrascht?

»Interessant vielleicht, aber nicht wirkungsvoll bei dir«, antwortete ich und setzte mich ganz langsam auf. Mein Top war klitschnass geschwitzt, die Haare klebten mir halb im Gesicht, trotz Zopf. Gott, ich war fix und fertig.

»Was erwartest du? Ich wiege mindestens 150 Pfund mehr und bin ausgebildet, mich nicht überwältigen zu lassen.«

Stimmt.

»Wir müssen gleich hoch. Das Abendessen wird fertig sein«, stellte Charlie fest.

Ich schnaubte. »Wir wollen Mr. Wood ja nicht warten lassen.«

»Der Boss ist nicht da.«

Ich runzelte die Stirn. »Nicht da?«

»Er hat ein paar Termine.«

Termine?

Charlie warf mir ein Handtuch zu, das ich auffing. Langsam stand ich auf und fragte mich immer noch, warum mir das gerade so gegen den Strich ging. Darryl war doch ein freier Mann. Sollte er doch seinen Terminen nachgehen, während ich mir den Kopf machte, was da eigentlich zwischen uns lief.

»Also esse ich allein?«, fragte ich und folgte Charlie langsam die Treppe hoch. Er wirkte kaum angestrengt. Natürlich nicht.

Ich hörte ein Seufzen. Charlie konnte seufzen?

Als wir oben ankamen, roch ich schon das leckere Essen. Aber anstatt in die Küche zu gehen, blieb er stehen und drehte sich zu mir um.

»Er hat wegen der Hochzeit viele Termine abgesagt, Nika.« Als wenn er noch etwas sagen wollte, öffnete er den Mund. Aber es kam nichts mehr. Dann lief er in die Küche.

War das gerade ein Versuch, Darryl in Schutz zu nehmen?

 DARRYL

Es war kurz nach Mitternacht, als ich nach Hause kam.

George an der Tür nickte mir einmal zu. Charlie stand schon an der Treppe und wartete auf mich.

»Boss ...«

Ich seufzte. Es war ein langer Tag und jetzt wartete ich darauf, dass Charlie mir hier noch erzählte, was hier alles schiefgelaufen war.

»Alles in Ordnung.«

Irritiert blickte ich ihn an. Alles in Ordnung? Wann war das denn zum letzten Mal der Fall gewesen?

Als Nika noch nicht hier gelebt hat ... Der Gedanke schoss sofort in meinen Kopf.

Das Kichern in der Küche holte mich wieder aus meinen Gedanken.

Ich ließ Charlie stehen und ging den Geräuschen nach.

Nika knetete gerade Teig, irgendwas kochte auf dem Herd. JJ saß angezogen in der Küche auf der Küchentheke. Rosa war nicht hier. Was zum Teufel war hier los?

»Hey, Boss!«

JJ sprang von der Küchentheke und Nika hörte sofort auf mit ihrem Kochvorgang.

»JJ.«

Sie entfernte sich aus der Küche, musste aber vorher natürlich noch einmal grinsen.

Dann waren wir allein, aber meine Frau tat natürlich so, als wäre ich gar nicht anwesend.

»Was tust du da?«

»Kochen.«

Okay. Das konnte ich auch sehen.

»Mitten in der Nacht?«

Sie nahm den Topf vom Herd und ließ das Wasser in die Spüle sickern.

Nika trug eine graue Jogginghose und ein Shirt. Man könnte fast meinen, dass sie sich wohlfühlte.

»Wenn ich nicht schlafen kann, dann ... koche ich meistens.«

Ach, wirklich? Ein schönes Hobby.

Ich setzte mich an die Kücheninsel und schaute ihr dabei zu, wie sie weiter in der Küche herumhantierte.

Seitdem wir unseren Streit hatten, ging ich ihr aus dem Weg. Es war gut, dass ich viel Arbeit nachzuholen hatte, aber dennoch fehlte mir den Tag über ihre Anwesenheit. Und es wäre eine Lüge gewesen, wenn ich nicht ständig an den Sex mit ihr denken müsste. Ihr Geruch, ihre Geräusche dabei, und sie selbst ... gingen mir einfach nicht mehr aus dem Kopf.

Ich wusste, es könnte *so* mit ihr sein. Schön ... anders einfach. Aber niemand hatte mich darauf vorbereitet, dass alles mit ihr so intensiv werden würde ...

»Hast du noch Hunger?«

Die plötzliche Frage riss mich aus meinen Gedanken und ich musste mehrmals darüber nachdenken, ob ihr Angebot ernst gemeint war.

»Ich könnte schon noch etwas vertragen.« Im Grunde hatte ich nicht viel gegessen, denn Roberts »Kündigung« musste geregelt werden, und ich brauchte mehr Leute für sein Territorium. Vielleicht hatte er nicht allein gearbeitet. Das musste alles noch geklärt werden.

Sie stellte mir einen Teller mit Nudeln und einer Soße hin. Es duftete himmlisch.

»Weiß Rosa, was du hier tust?«

»Natürlich. Ich bin doch nicht lebensmüde!« Sie schnaubte, bemerkte aber ihren Fehler. Soso. Nika war also nicht lebensmüde?

Sie murmelte irgendwas Unverständliches, wandte sich dem Herd zu und schaufelte wieder ordentlich etwas auf den Teller. Für sich, nahm ich an.

Sie setzte sich mir gegenüber, überreichte mir noch eine Gabel und begann zu essen. Still. Nika sagte nichts, und ich musste mich nach dem ersten Bissen erst mal wieder fangen.

»Wenn Rosa wüsste, wie du kochst, dann würdet ihr euch nicht mehr so gut verstehen.« Es sollte ein Scherz sein, kam aber gar nicht gut an. Ihr Gesicht verdüsterte sich.

»Soll das jetzt heißen, du hast was dagegen, dass Rosalie und ich uns verstehen?«

»Das war ein Witz«, brummte ich und aß schnell weiter.

Egal was ich jetzt sagen würde, es würde falsch aufgenommen. Verdammt, sie konnte doch froh sein, dass ich mir überhaupt noch die Mühe machte mit ihr zu reden. Manche Ehen wurden schneller und wegen weniger Stress längst geschieden!

»Wo warst du?« Ihr Interesse bei der Frage war ihr anzusehen. Sie bemerkte es auch und versuchte sich jetzt herauszureden. »Ich meine, du warst den ganzen Tag weg. So viel zu tun gehabt?«

Sie interessierte sich wirklich dafür, was ich gemacht hatte?

»Ich hatte Termine.« Meine Antwort kam kühler rüber als gedacht.

»Hast du jemanden umgebracht?«

Ich kaute auf den Nudeln herum und blickte zu Nika rüber. Gespannt blickte sie mich an. Das war also ihr Problem?

»Das erledige nicht immer ich. Aber um dich zu beruhigen: heute nicht.« Sie zuckte nicht mal zusammen bei meinem letzten Satz. Aber sie wuchs bei Micael auf. Also kannte sie den Dreck, mit dem wir uns herumschlagen mussten.

»Hast du …« Nika beendete ihren Satz nicht und ich konnte nicht hellsehen.

»Habe ich was, Nika?«

Fest starrte sie mir in die Augen.

»Hast du …« Wieder sprach sie nicht weiter, und ich legte die Gabel genervt auf dem Teller ab. Die Serviette lag griffbereit vor mir, aber ich wartete lieber.

»Warst du mit einer anderen Frau zusammen?«

O-okay. Das war eine Frage, mit der ich nicht gerechnet hatte.

»Mit einer anderen Frau?«

Sie stöhnte genervt auf. »Vergiss es. Ich hab nicht gefragt und du wirst nicht antworten müssen!«

»Seit wir verheiratet sind, gab es keine andere!«

Lang blickte sie mich an und ich ließ es zu. Ich hatte ja auch nichts zu verbergen.

»Dir ist schon klar, dass wir nicht mal eine Woche verheiratet sind und du deswegen auch keinen Oscar für deine Enthaltsamkeit verdient hättest.«

»Enthaltsamkeit?« Ich grinste. »Die ist seit gestern ...«

Ruckartig stand sie auf, griff ihren noch halb vollen Teller und stellte ihn in die Spüle. »Darüber reden wir nicht.«

»Ach? Aber du darfst fragen, ob ich heute Sex hatte, ja? Mit einer anderen?«

Sie gab ein nicht sehr damenhaftes Geräusch von sich, aber so kannte ich Nika. Schön wie eine Puppe, aber störrisch wie ein Kamel.

»Ich darf nichts, schon vergessen? Ich bin eine Vulkova!«

»Fängt das schon wieder an?« Jetzt war mir der Appetit vergangen.

»Warum das alles, Darryl?« Sie drehte sich zu mir um, während sie an der Küche angelehnt stand. »Du hast mich geheiratet, um dafür von meinem Dad was zu bekommen. Gut. Aber du könntest mich gehen lassen, du ...«

Ruckartig stand ich auf und lief auf sie zu. Ich hatte es so satt, mir ständig die gleiche Scheiße anzuhören.

Sie dachte also wirklich, ich würde ihr den Mist weiter abkaufen? Es wurde Zeit, dass sie mal begriff, mit wem sie es wirklich zu tun hatte!

Mit einem beherzten Griff packte ich ihr langes seidiges Haar, drückte meinen Körper an ihren, und sie wehrte sich nicht einmal dagegen. Ich spürte sogar, wie auch sie versuchte, sich an mich zu drücken.

»Warum das alles? Darauf brauchst du wirklich eine Antwort?«

Ihre Augen glühten vor Zorn und Lust.

»Natürlich brauchst du eine Antwort. Ohne würdest du es nie verstehen, oder? Nie verstehen, dass das immer dein Schicksal war, Nika.«

Die Fragezeichen arbeiteten in ihrem Kopf. Das konnte ich sehen.

Sie sagte immer noch nichts. Also sprach ich weiter.

»Du bist frei. So frei, wie es möglich ist, um dich nicht in Gefahr zu bringen.« Jetzt wollte sie etwas sagen, aber bevor wieder nur irgendein Schwachsinn kam, schüttelte ich lächelnd den Kopf. Immer wieder fiel mein Blick auf ihre zartrosa Lippen. Sie küsste so gut und schmeckte nach der puren Versuchung. Das wusste ich bereits und es machte mich verrückt, dass ich die Nähe nicht für einen schnellen Fick gesucht hatte. Sie sollte einfach keine Chance haben zu fliehen. Okay, ein kleiner Teil von mir will sie vielleicht auch ficken …

»Bevor du mir wieder vorwerfen kannst, dich gefangen zu halten, eines noch: Die Tür war nie abgeschlossen, Nika. Nie. Du bist du nicht hindurchgegangen.«

»Aber die Sicherheitsleute …«

»Was glaubst du, was sie getan hätten? Ich musste dich hierbehalten, damit wir heiraten konnten. Das stimmt. Der Start zwischen uns war nicht gerade einfach.«

Sie schnaubte und das Geräusch war so lustig … dass ich ein Schmunzeln zurückhalten musste.

»Aber du hättest immer gehen können. Immer. Nur wolltest du nicht. Du bist hiergeblieben, selbst als du mit JJ aus warst. Die Chance zu fliehen hattest du. Also versuch nicht mir die Schuld dafür zu geben, dass du mich nicht verlassen kannst.«

Sie schluckte, weil ich die Wahrheit aussprach. JJ hatte vielleicht recht. Vielleicht hätte ich behutsamer mit ihr umgehen sollen. Aber jetzt war meine Geduld am Ende. Wir hatten Sex, sie verhielt sich wie ein kleines Mädchen, das nicht damit umgehen konnte, dass ich dem gleichen Job wie ihr Bastard-Daddy nachging. Aber das war jetzt vorbei! Ich hatte es so satt, mich ständig rechtfertigen zu müssen!

»Ich ... ich wusste nicht wohin, wenn ich gegangen wäre.« Sie versuchte sicher zu wirken, aber man sah ihr an, dass sie log.

»Du bist eine Frau, die es immer versuchen würde, wenn sie könnte. Du wolltest es ganz einfach nicht.«

Nur noch ein Papierstreifen stand gefühlt zwischen uns, weil mich ihre Lippen anzogen wie die Motte das Licht. Es ging nicht mehr anders. Seit ich sie kosten durfte, seit ich in ihr war, dachten mein Schwanz und mein Kopf nur noch an eine Wiederholung. An tausende Wiederholungen ...

»Also hör auf mir ständig vorzuwerfen, dass du nicht gehen kannst!«

Sie roch so gut. Nur noch einmal ... einmal vorrücken und ich könnte ganz einfach ...

»Darryl.« Sie flehte verzweifelt darum. Und irgendwas bewirkte es in mir, aber nicht das, was mein Schwanz am liebsten wollte. Ich musste taktisch klug handeln, nicht so, wie ich es sonst immer mit den Frauen machte. Denn die Weiber vor ihr waren alle nicht meine Frau. Sie waren nicht Nika ...

»Du willst von mir gefickt werden, nicht wahr?«, flüsterte ich ihr ins Ohr und sie erschauderte. Sie konnte meinen Ständer spüren und ich die Wärme ihrer Schenkel. Für den nächsten Satz brauchte ich so einiges an Kraft.

»Aber damit ich mir nicht vorwerfen lassen kann, das hier ausgenutzt zu haben, werd ich dich nicht anrühren. Keine Angst.«

Ich nahm sofort mehrere Schritte Abstand und blickte in Nikas völlig überraschtes Gesicht. Plötzlich verdüsterte sich ihr Gesicht.

»Claudia wartet. Sie war schon ganz beleidigt, weil du nicht da warst.«

Claudia? Warum zum Teufel sprach Nika jetzt von ihr?

»Immerhin hast du sie deswegen doch noch hier, oder? Damit du über sie verfügen kannst, wie du willst!«

Im ersten Moment wusste ich nicht, was ich antworten sollte. Aber dann wurde mir wieder mal bewusst, dass Nika mir hier etwas vorwarf, was ich zum Teufel nicht getan hatte oder vor hatte zu tun.

»Du hast recht. Warum nicht sie, wenn meine Frau nicht will?« Die Worte verließen ohne nachzudenken meinen Mund. Diese Frau - meine Frau - musste mich auch bis aufs Blut reizen.

Nika biss sich nervös auf die Unterlippe, so als würde sie sehr lang über etwas nachdenken. Ich wusste, dass Claudia und die anderen Frauen Nika als Konkurrenz sahen. Das Getuschel hatten selbst meine Männer mitbekommen. Aber ernstes Interesse daran hatte ich nicht gezeigt. Ich dachte, sie würden sich an Nika gewöhnen, und die Männer weiterhin zufrieden stellen.

Denn dazu waren sie da. Vor Nika holte ich sie mir auch alle ins Bett, aber das war einfach vor ihr.

Nie stellte ich mir die Frage, ob Nika sich an die Mädels gewöhnen würde? Außer mit JJ verstand sie sich mit niemanden von ihnen, und so wie ich das sah, würde sich das nicht ändern.

Mein Interesse galt längst nur noch Nika ... So verrückt das klang, aber das entsprach der Tatsache. Vielleicht sollte ich sie alle loswerden.

»Alles klar, Süße?« JJ war wieder in die Küche zurückgekommen, aber Nika ließ sich nicht aus ihren Gedankengängen reißen; und um es noch interessanter zu machen, stolzierte Claudia herein. Nackt wohlgemerkt. Ihre geschminkten Gesichtszüge verdüsterten sich, als sie Nika sah. Aber als sie mich erblickte, lächelte sie wieder dieses nuttengekünstelte Lächeln.

»Darryl, mein Lieber!«

Darryl? Seit wann nannte sie mich beim Vornamen?

Ihre langen Fingernägel kreisten über meinem Hemd. Ihre Nippel standen wie eine Eins. Das waren Claudias Künste. Sie verstand es, Männer zu manipulieren. Okay, eine Zeit lang fand ich das echt heiß, aber das lag lange zurück. Schon vor Nika wurde Claudia immer mehr zu einer Last. Sie dachte, ich würde ihr allein gehören und säte Zwietracht zwischen den Mädels. Bis zu einem gewissen Grad konnte ich das noch verstehen, aber mittlerweile war es nur noch nervig.

»Claudia!«, warnte ich sie, während ich ihre langen Finger von mir wegdrückte. In der Bewegung konnte ich JJ ausmachen, die wild den Kopf schüttelte, dann zu Nika zeigte, die bedenklich rot im Gesicht wurde.

JJ hantierte immer noch mit den Händen herum, aber Gebärdensprache verstand ich leider nicht.

»Das reicht!«, sagte Nika plötzlich so wütend, dass wir sie alle ansahen.

Aber anstatt weiter zu reden, lief sie wutentbrannt aus der Küche.

»Pah, Hauptsache sie steht im Mittelpunkt!« Claudia drückte sich wieder an mich, als Nika mit einem Haufen Klamotten im Arm erschien. Was sollte das denn jetzt werden?

»Pullover, Hose und was ganz wichtig ist: Unterwäsche. Das ziehst du an, genauso sorgst du dafür, dass all die anderen Huren es tun, und dann verschwindet ihr. Alle.« Nika warf die Klamotten zu Boden und schaute dann zu JJ. »Außer JJ, sie wird hier noch gebraucht.«

Claudia schnaubte noch einmal. »Du kannst mir gar nichts ...«

»Ich kann und ich werde. Jetzt zieh dich an, pack deine restlichen Sachen, und dann will ich dich und die anderen nicht mehr sehen!«

Ich war baff und JJ grinste. Hatte Nika tatsächlich gerade Befehle erteilt?

Meine Frau blickte Claudia konzentriert an. So als würde sie abwarten, was ihr Gegner, in dem Fall Claudia, tun würde. Das machte mich gerade ungemein an. Ja, es nervte mich, wenn sie mir nicht gehorchte, herumzickte und ihren eigenen Kopf durchsetzen wollte, aber diese Situation hier war oberheiß.

»Das werde ich sicher nicht!« Die Unsicherheit in Claudias Stimme war greifbar. Nikas Wille jedoch war größer ...

Scheiße, selbst ich bekam Zweifel, ob ich nicht auch besser gehen sollte.

»Charlie«, rief Nika plötzlich, ohne Claudia aus den Augen zu lassen. Er kam in die Küche hinein und ich fragte mich schon wieder, wo er so schnell herkam. Gehorsam stellte er sich neben sie und wartete darauf, dass Nika weitersprach.

»Boss, dass ist jetzt nicht ihr Ernst«, stotterte Claudia und machte auf reumütig. »Ich war dir immer eine liebe Freundin, das weißt du. Hab nie etwas getan, dass dich wütend gemacht hätte oder ...«

Okay, ab da schaltete ich ab und blickte zu Nika, die Charlie bat, Claudia hinauszugeleiten.

Sie hatte recht. Claudia passte nicht mehr hierher. Nicht mehr, seit ich Nika Vulkova, die sturste Frau dieser Welt, geheiratet hatte. Für mich ging es schon lange nicht mehr darum, Sex mit Claudia oder den anderen zu haben. Wichtig war, dass ich das hier jetzt für Nika tat.

»Geh, Claudia. Es ist besser so«, erklärte ich ihr und dann änderte sich Claudias Miene. Ich wusste, das würde Ärger geben ...

NIKA

Irgendwie war bei mir eine Sicherung durchgebrannt. Dieses Miststück von Claudia dachte wirklich, dass sie einfach so weitermachen konnte. Darryl war verheiratet! Ob er oder ich es gut fanden, war da nicht wichtig. Wo war der verdammte Respekt? Wo war ihre Selbstachtung?

Auch wenn es mich aufregte, wie sie ihn immer wieder berührte, er war nicht offen für ihre Annäherungen und das sollte sie endlich kapieren. Gut, dass ich die dreckige Wäsche aus dem Korb geholt hatte, war vielleicht etwas melodramatisch, aber war ich hier die Einzige, die diese Situation für zu krank hielt?

Ich war Darryl Woods Frau, und dennoch lebten hier noch acht Huren im Haus, die für was engagiert wurden? Ihn zufrieden zu stellen? Meinen Ehemann? Warum auch immer. Es nervte mich und musste aufhören. Sofort!

Mir war klar, dass Darryl Charlie zurückhalten könnte. Dass er klarstellen musste, dass Claudia und die anderen bleiben könnten. Aber ich hoffte und flehte, dass er das nicht tat. Eine Garantie hatte ich nicht. Und dann sagte er es. Den einen Satz, der mich sofort etwas beruhigte.

»Geh, Claudia. Es ist besser so.«

Ich versuchte das Gefühl, das seine Stimme in mir hervorrief, zu ignorieren. Das schaffte ich kaum noch, weil Darryl einfach etwas mit mir machte. Es wirkte verrückt, aber dieser Mann mit diesem finsteren Gesichtsausdruck konnte auch anders. Das wusste ich. Nicht umsonst dachte ich auch jedes Mal, wenn ich ihn anschaute, dass er als kleiner Junge seine tote Mutter gefunden hatte. Wenn so ein Erlebnis nichts in einem Menschen veränderte, was dann?

Und er hatte recht mit dem, was er zu mir gesagt hatte. Jedes Mal versuchte ich, Distanz zwischen mir und ihm zu wahren. Aber warum war ich dann nicht abgehauen? Ich blieb, achtete nicht mal mehr draußen auf die Wachen. Die Haustür war mir schnurzpiepegal geworden. Der Gedanke an Flucht war mir kaum noch gekommen. Und dennoch versuchte ich vor Darryl so zu tun, als wäre ich nicht frei. Was war denn nur los mit mir?

»Sie hat dich verhext, diese dämliche Schlampe!« Darryl konnte darauf nicht mal mehr antworten.

Ich sah sie nicht kommen, hörte sie nur schreien. Claudia rannte splitterfasernackt auf mich zu, um mir die Augen auszukratzen. Wortwörtlich.

»Fuck«, stöhnte Charlie, als sie es wirklich schaffte, mich zu Boden zu werfen. Mit einem richtig fiesen Druck im Rücken holte ich erst mal Luft, um mich wieder zu fangen. Eine nackte Claudia hatte mich zu Fall gebracht, das hätte ich auch nicht gedacht. Aber gut, sie wusste, was sie wollte. Nur hätte ich nie gedacht, dass dieses Fliegengewicht so schnell angreifen konnte.

»Ich bring dich um. Du ...«

Weiter kam sie nicht, ich holte aus und traf ihr Gesicht mit meiner Faust. Der Knack ging in ihrem Schrei unter und dann wurde sie schon von mir runtergerissen. Charlie hatte sie gepackt und kämpfte jetzt selbst mit der Furie.

»Verdammt, Charlie! Hau ihr die Spritze rein!«, befahl Darryl wütend.

Claudia schlug wie wild um sich, beleidigte jetzt Charlie und dann ... erschlaffte ihr Körper. Charlie hatte es geschafft und ihr sehr unsanft diese mir bekannte Spritze in den Hals gerammt. Ich hätte ja Mitleid für sie übrig, wenn mein Rücken und meine Hand nicht so schmerzen würden. Miststück.

»Jepp, ist sie, Süße.« JJ stand über mir und half mir langsam aufzustehen. Ich hatte das letzte Wort wohl laut gesagt. Stöhnend stand ich auf und bog meinen Rücken durch. Nichts gebrochen, alles wieder gut.

Charlie war mit Claudia hinausgegangen. Ich entspannte mich sichtlich.

»Ich soll wirklich hierbleiben?« JJ's Frage kam zögerlich.

»Sollst du. Es wäre ziemlich langweilig ohne dich.«

Sie grinste bis über beide Ohren, fiel mir dann in die Arme und küsste mich auf den Mund. Ich war so perplex, dass ich kaum mitbekam, wie sie die Küche verlassen hatte.

Und Darryl und mich somit allein ließ.

»Du hättest sie hierbehalten können«, stellte ich fest und blickte ihn an. Er stand mit verschränkten Armen an der Kücheninsel und lächelte. Es war ein echtes Lächeln, als wäre er wirklich erheitert.

»Danke, für deine Hilfe«, zickte ich ihn an. Warum grinste er? War das so lustig?

»Die hast du nicht gebraucht. Du hast allen zu verstehen gegeben, wo du stehst.«

Hatte ich das? Gut, ich hatte Claudia die Meinung gesagt und sie rausgeschmissen, aber was erwartete er bitte? Vor zehn Minuten machte Darryl klar, dass Claudia ein guter Ersatz war, und dann schmiss ich sie wutentbrannt raus. Natürlich! Deswegen lachte er.

»Bilde dir ja nichts ein, ich ...«

Darryl stand so plötzlich vor mir, dass ich erschrocken nach Luft japste, weil es so schnell geschah. Meine Stirn traf fast sein Kinn. Ich roch sein Parfum und ich könnte schwören, dass er sich den Geruch meines Haares einprägte. Es sollte jetzt nach Maracuja riechen. *Was habe ich zum Teufel für Gedanken?*

»Nika ...« Das Flüstern meines Namens aus seinem Mund brachte mich zum Erzittern. Seine Finger berührten leicht meine Hände. Als würde er selbst nicht wissen, wie er mich anfassen sollte.

Mein Puls schoss in die Höhe, mir wurde ganz merkwürdig, als ich seine Lippen auf meiner Stirn spürte.

Auf einmal ging ein Poltern los.

»ICH MUSS ZU IHM! WO IST ER? BITTE, ICH BRAUCHE HILFE!«

Darryls Berührung war sofort verschwunden. Sein Stirnrunzeln war erschreckend genug. Er wirkte selten überrascht oder verstört.

»Warte hier.«

Eine kurze Berührung an meiner Hand, dann ging er hinaus. Aber das hielt mich natürlich nicht ab. Ich folgte ihm wenige Sekunden später.

Darryl hielt eine Frau in den Armen, die schluchzte. Charlie, Andie, Rick und noch so einige andere

Männer standen um sie herum. Sie hielten Abstand und wirkten nicht überrascht, sie fixierten die Szene nur.

»Beruhige dich, Isabelle. Was ist los?«

Die Frau schluchzte noch lange, bis sie sich irgendwann wieder einkriegte.

Beide saßen fast auf dem Boden und ein eifersüchtiger Stich bohrte sich in meine Brust. *Gott, ich weiß wirklich nicht, wie das gehen soll ...*

»Darryl ...« Sie nannte ihn beim Vornamen?

Die Frau namens Isabelle sah auf und begegnete Darryls sturem Blick. Das beruhigte mich, denn das hier war der Darryl, der sich nicht darum kümmerte, wie er auf sie wirkte.

Isabelle war älter als zunächst angenommen. Ihre Haare wiesen schon ein paar graue Strähnchen auf. Sie trug dreckige Kleidung und schien schon sehr verlebt.

»Er hat ... meinen kleinen Bobby. Verstehst du das Darryl? Ich habe ... habe nicht aufgepasst und ...«

»Wer hat Bobby? Wovon sprichst du?«

»Ich schwöre ...«, begann sie. Darryl ließ sie los und stellte sich wieder hin. »Ich war nur zwei Minuten weg und ...«

»Du hast dir wieder was besorgt.« Den Tadel in seiner Stimme konnte selbst ich hören. Diesmal schaute ich mir die Frau genauer an. Sie zitterte so stark, dass es unübersehbar war.

»Ja, aber ich schwöre dir, ich ...«

»Was ist mit Bobby?«, sprach Darryl wütend dazwischen.

»Es gibt da so einen Kerl. Jeder weiß, dass Roberts ihn geschützt hat, weil er Kohle hat. Vor einigen

Monaten fing es an. Zuerst suchte er sich Teenager von der Straße, dann ... dann wurden Kids angesprochen. Ich ...«

Darryl seufzte wütend auf, kniete sich dann runter, um Isabelle genauer anzusehen.

»Mach den Wagen fertig, Charlie.«

Charlie nickte und ging hinaus.

»Es ist fast zwei Uhr nachts, Isabelle. Ich nehme mal an, dass du nicht erst die halbe Stadt nach Bobby abgesucht hast, oder?«

Sie schüttelte den Kopf, dann stand er wieder auf. »Darüber reden wir noch. Wo finden wir den Bastard?«

»Es gibt Gerüchte. Dass er ... dass er an den Docks in diesem einen Club Kinder bei sich hat. Drogen verabreicht, sie willenlos macht und ...«

Sie zitterte immer schlimmer und Darryl fluchte.

»Du wirst das Haus nicht verlassen, Isabelle. Verschwindest du, finde ich dich. Das weißt du.«

Sie nickte, als hätte sie sowieso schon alles verloren.

Darryl blickte zu mir. »Geh schlafen, ich ...«

»Ich werde mitkommen!«, erklärte ich und kam auf ihn zu. Jetzt nahm auch Isabelle mich wahr, schien aber nicht zu wissen, wer da vor ihr stand. Das war mal etwas anderes.

Wieder fluchte Darryl und starrte kurz die Decke an.

»Es sei denn, Charlie oder einer der anderen Schränke wollen mir wieder eine Spritze in den Hals jagen.« Ich setzte alles auf eine Karte. Mittlerweile fand ich, dass Charlie und ich uns irgendwie verstanden. Mit verschränkten Armen blickte ich zu den Jungs, die überall hinsahen, nur nicht zu uns.

»Du wirst dich nicht einmischen!«, erklärte Darryl und blickte mich konzentriert an. »Und vor allem wirst du tun, was ich sage.« Ich war noch immer perplex, dass er mich mitnehmen wollte. Eigentlich hatte ich wirklich an eine Spritze, einen Faustkampf mit seinen Schränken oder ähnliches gedacht. Aber so war das natürlich auch in Ordnung.

»Hältst du das wirklich für eine gute Idee, Boss?« Charlie war auf uns zugekommen, blickte mich aber nicht an. Machte dieser große böse Bär sich etwa Sorgen um mich?

»Sie wird bestimmt klarkommen«, mischte JJ sich ein und sprach mit einem ungewohnt gereizten Ton in der Stimme. Sie kam langsam die Treppe herunter, blickte einmal zu Isabelle, um dann wieder uns anzulächeln. »Ich meine, ihr seid doch frisch verheiratet. Da will man so viel Zeit wie möglich ...«

Ich seufzte, Darryl hörte ihr gar nicht mehr zu, weil er Befehle herumschrie.

»Hol dir eine Jacke«, befahl er jetzt auch mir und blickte mich einmal kurz an. Da war er wieder. Der Mann, der mich vor über einer Woche von der Straße gelesen hatte. Der Mafiosi Darryl Wood. In meinem Unterleib zuckte es heftig und ich musste mich zusammenreißen, damit er es nicht bemerkte und mir gegenüber als Lappalie abtun konnte. JJ reichte mir eine Lederjacke, die ich noch nie zuvor gesehen hatte. Aber gut, ich hatte vieles von meinen neuen Klamotten noch nicht getragen. Die Jacke war hübsch und sah so absolut albern mit meiner Jogginghose zusammen aus, dass es wiederum irgendwie passte. Geschminkt war ich auch nicht. Wie bescheuert meine

Gedankengänge waren, immerhin war ihr kleiner Sohn in den Händen eines Irren, der sonst etwas mit ihm anstellen könnte ... Gott, was musste der Kleine nur durchmachen?

»Du bleibst hier!«, befahl er noch einmal Isabelle, die mittlerweile am Treppenabsatz saß und noch schlimmer zitterte. Dennoch nickte sie. Darryl hatte sich seinen üblichen Mantel angezogen, den ich bereits kannte, und griff nach meiner Hand, um mich in Begleitung von zig Männern hinauszuziehen. Charlie stieg wie immer mit in unseren Wagen, und als ich mich hingesetzt hatte, fehlte mir plötzlich Darryls Hand.

Der Fahrer fuhr sofort los und ich spürte Darryls Anspannung.

»Wie alt ist Bobby?«

»Acht«, antwortete Darryl und starrte aus dem Fenster. Ich fragte mich nicht zum ersten Mal, ob er als einziger hinausschauen konnte.

»Und Isabelle kennst du woher?«

Er atmete einmal tief durch. Ich erwartete schon keine Antwort mehr.

»Sie war vor Claudia einige Zeit bei mir.«

Vor Claudia? Hieß das, sie war seine Hausnutte gewesen? Noch eine? Aber klar, er hatte mal erwähnt, dass sie nicht lange blieben. Na toll. Moment ... sie hatte doch einen Sohn. Oh, großer Gott, war er ...

»Ich bin nicht Bobbys Vater, falls du dich das fragst.« Er hatte sich jetzt mir zugewandt und starrte mich undurchdringlich an. Plötzlich hob er die Hand und fuhr mir an den Hals. Ein Schauer überkam mich. Er bemerkte es wohl nicht.

»Sie hat dich doch noch erwischt.«

Ich folgte seiner Berührung und spürte eine kleine verkrustete Wunde. Dieses Miststück Claudia hatte mich wirklich getroffen!

»Landen alle Frauen von dir auf der Straße?« Er hob eine Augenbraue. »Schau nicht so. Mir ist Isabelles Zittern aufgefallen!«

Er seufzte und fuhr sich durch sein Haar. »Isabelle war eine der Ersten in meinem Haus. Damals dachte ich noch, Drogenpartys und das ganze Zeug würden mir durch den Tag helfen. Das war ein Fehler. Ich kam davon weg. Isabelle nicht. Sie ging und kämpfte darum, ihren Sohn wiederzubekommen. Ich half ihr, sie gewann das Sorgerecht zurück und der kaputte Rest von ihr sitzt jetzt Jahre später in meinem Haus und wartet darauf, dass ich ihren Sohn vor einem Pädophilen rette ...«

Die Sorge und die Schuld waren aus seiner Stimme herauszuhören.

»Das alles ist nicht deine Schuld«, versuchte ich ihn zu beruhigen.

»Ach nein?«, fragte er scharf nach. Aber ich ließ mich nicht von seinem finsteren Blick einschüchtern. Nicht mehr.

»Du bist doch nicht für die Entscheidungen anderer zuständig! Isabelle ist älter als du, das ist sie offensichtlich«, erklärte ich und er antwortete nicht. »Sie hätte schon, bevor sie Mutter wurde, erkennen müssen, dass das Leben zwischen Drogen und Prostitution kein gutes Umfeld für ein Kind ist. Also verließ sie dich, weil du den richtigen, den drogenfreien Weg, gegangen bist. Wenn jemand Schuld hat, dann sie.«

Einen langen Augenblick starrte er mich an und dann entspannten sich seine Gesichtszüge. »Danke.« Seine Hand legte sich über meine und instinktiv musste ich lächeln.

Plötzlich räusperte sich Charlie.

»Wir sind da.«

Darryl drückte kurz meine Hand, dann ließ er sie los, um seine Waffe aus der Gürtelschnalle zu ziehen. Meine Augen wurden riesengroß.

»Du brauchst keine Waffe! Du hast deine Bären dabei!«, platzte es aus mir heraus.

Darryls Lächeln war nicht gekünstelt, eher wirkte er leicht erheitert. Wie in der Küche nach dem Geschlechterkampf.

»Sowas erledige ich gerne selbst, Babe.«

Mir stockte der Atem. Hatte er mich schon mal so genannt?

»Aber du kannst doch nicht ...«

»Du bleibst hier, Charlie, und passt auf Nika auf.«

Charlie sagte nichts, nickte nur.

»Ich werde sicher nicht hier im Auto ...«

Er hob die Hand und strich mir leicht über die Wange. Sofort konnte ich mich nicht mehr an meine nächsten Worte erinnern. Das Gefühl, von ihm berührt zu werden, war atemberaubend und irritierend zugleich.

»Deine Loyalität in allen Ehren, aber meine Frau wird ganz sicher nicht in diesen Club hineingehen. Charlie, pass auf sie auf.«

Ein letzter Blick zu mir, dann stieg er aus. Ich wusste, dass Andie, Rick und die ganze Bande im anderen Wagen mitfuhren und ihm folgten, aber sollte mich das wirklich beruhigen? Der schallgedämpfte Schuss ließ mich erschrocken zusammenzucken.

»Das kann er doch nicht ernst meinen«, sprach ich jetzt zu Charlie, der nur die Arme ineinander verschränkt hatte und gedankenverloren auf die Fensterscheibe zu starren schien.

»Ich befolge nur seine Befehle.«

»Scheiß auf die Befehle. Du bist sein bester Mann. Wer weiß, was da drin auf sie wartet. Und du verbringst die Zeit damit, mich zu beschützen? Ich bin nicht das Ziel! Willst du ... komm schon Charlie. Wir müssen da rein!«

Ich erwartete eigentlich keine große Antwort von ihm, aber er blickte mich stirnrunzelnd an, dann seufzte er. »Du kannst mit einer Waffe umgehen?«

Ich nickte hastig. »Entsichern, fester Stand, zielen und abdrücken.« Charlie nickte und ich war froh, dass ich Igors Worte diesbezüglich noch wusste. Eine Kugel abgefeuert hatte ich nämlich noch nie. Aber das war jetzt nebensächlich.

Charlie reichte mir eine zweite Waffe aus seinem Gürtelbund.

»Du hast 18 Schuss. Zögere niemals, Nika. Das ist wichtig, und wenn du es schaffst, immer ins Herz oder in den Kopf. Dein Gegner wird nicht zögern, wenn seine Arme noch in einem Stück sind!«

Ich nickte dümmlich und nahm die Waffe in die Hände. Sie war leichter, als ich gedacht hatte.

»Dafür wird mir der Arsch aufgerissen«, redete Charlie mit sich selbst und stieg aus. Ich folgte ihm schnell.

Die beiden Wagen standen in der Seitenstraße, als wir zum Eingang liefen. Der Türsteher lag tot auf dem Boden. Kopfschuss.

»Oh mein Gott«, flüsterte ich.

»Unschuldig war er nicht. Oder findest du es für einen Türsteher normal, ein Sturmgewehr zu tragen?«, fragte Charlie ruhig und hielt seine Waffe angespannt in der Hand. Das Sturmgewehr war nicht zu übersehen.

»Weiter.«

Ich blieb hinter ihm, als wir hineingingen. Wie es für einen Club üblich war, war es ziemlich dunkel. Auffallend war, dass keine Musik lief. Ich machte mich für alles bereit.

Wir mussten einen Vorhang zur Seite schieben, damit wir den ganzen Club sehen konnten. Rick stand mit zwei weiteren Männern in einer Ecke und hielt die Clubbesucher zusammmen. Manche wirkten verängstigt, einige bemerkten schon, dass nicht sie das Ziel waren.

»Wo ist der Boss?«, fragte Charlie.

Ricks Blick richtete sich auf mich. »Sie sollte nicht hier sein!«

»Ich bin aber hier!«, konterte ich angepisst und stellte mich jetzt neben Charlie.

Seufzend schüttelte Rick den Kopf. »Der Boss ist mit den anderen in die hinteren ...«

Plötzlich ertönten Schüsse aus dem hinteren Bereich des Clubs. Und auch hier wurde plötzlich geschossen. Ich sah noch, wie Rick zu Boden ging.

Charlie drückte gerade in eine ganz anderen Richtung ab, aber ich sah nur diesen Kerl zwischen den Clubbesuchern, der auf Rick gezielt hatte.

Ich dachte nicht nach. Ich reagierte. Mein Arm hob sich, ich zielte und schoss. Und tatsächlich traf ich ihn. Wo genau konnte ich nicht sagen, aber er schien nicht mehr aufzustehen.

»Rick?«

Jetzt passierte so einiges. Viele Leute rannten hinaus, geschossen wurde immer noch. Frauen schrien, fielen panisch zu Boden, um sich schnell wieder aufzurappeln und aus dem Club zu rennen. Ich drehte den bewegungslosen Körper von Rick zu mir.

Sein weißes Hemd unter dem Anzug war jetzt schon rot gefärbt.

Instinktiv drückte ich auf seine Wunde, die im Oberkörper sein musste.

Seine Augen waren geschlossen und ich bekam immer mehr Panik, weil meine Hände sich immer feuchter anfühlten.

»Fuck, Rick!«

Charlie war zu mir gekrabbelt und fühlte Ricks Puls. Wenige Sekunden später ließ er es sein.

»Er ist tot, Nika. Hör auf!«

»Was?«, kreischte ich gegen den Lärm an. Hastig ließ ich von ihm ab und starrte meine blutgetränkten Hände an. Sie begannen vor Schock zu zittern.

Was ist los mit mir? Warum gehorcht mir mein Körper nicht mehr?

»Nika! Alles ist gut! Ich bring dich hier …«

»Nein!«, beharrte ich. »Darryl ist doch da hinten, wir können ihn jetzt nicht im Stich lassen! Ich komm klar. Such ihn!« Er zögerte sichtlich und ich war wirklich überrascht und erfreut, dass Charlie sich solche Sorgen machte. Aber das half Darryl gerade nicht. »Sofort! Das ist keine Bitte!«

Charlie schmunzelte. Er schmunzelte tatsächlich!

»Du bleibst bei den anderen«, warnte Charlie mich und machte sich auf, um in die hinteren Zimmer zu kommen.

Ich holte mehrmals tief Luft, entfernte mich von Ricks Leiche, griff mir wieder meine Waffe und blickte mich um. Einige seiner Männer hatten sich Meter weit von mir hinter Boxen oder Stühlen verschanzt und kümmerten sich nicht groß darum, wo ich war. Andie und die Jungs schossen noch um sich.

Plötzlich gab es mehrere Schüsse auf einmal und ich blickte rüber zu Darryl, der wild in die Luft schoss. Er stand im Flur, der zu den hinteren Räumen führte. Vor ihm kniete ein Mann, der zitternd sein Gesicht hinter den Händen versteckte. Gut, wer Darryl nicht kannte ... der bekam immer Angst vor ihm. Er war der geborene Mafiosi.

»Waffen abgeben, oder ich werde eurem Chef hier eine Kugel in den Kopf jagen!«

Ohne zu zögern, hielt er dem Mann jetzt die Waffe an die Schläfe. Man hörte von überall im Club ein Klicken ... sie ergaben sich tatsächlich und warfen ihre Waffen zu Boden.

»Sammelt alles ein!«, befahl Darryl, und ich sah Charlie von hinten kommen. Auf dem Arm trug er einen schlafenden Jungen. Bobby! Andie und die anderen taten das, was Darryl ihnen befahl.

Ich stand auf und diese Bewegung erkannte auch Darryl. Er öffnete den Mund, geschockt mich zu sehen.

»Was zum Teufel tust du hier?«

»Meinst du, Charlie lässt mich allein im Auto zurück?« Ich schnaubte.

Darryls Kiefer mahlte, als sein Blick auf meine Hände fiel. Überall war halb getrocknetes Blut. Ricks Blut ...

»Alle eingesammelt?«, fragte Darryl, ohne mich aus den Augen zu lassen. Alle bejahten. Plötzlich veränderte sich etwas in seinem Blick. Ich konnte auch nicht wegsehen, weil ich diesen Blick einfach nicht kannte, und dann ... drückte er ab. Ohne zu zögern, ohne mit der Wimper zu zucken.

Der Kerl vor ihm sackte sofort leblos zusammen.

Wieder war ich sprachlos, konnte mich keinen Zentimeter bewegen.

»Andie, mach hier sauber. Sollten die Bullen kommen, erzählt ihnen, was passiert ist. Das sollte reichen«, erklärte Darryl und kam auf mich zu. Charlie folgte uns, als mein Mann Rick auf dem Boden entdeckte. Seine Miene verriet nichts. Er hatte sich wieder hinter seiner dicken Mauer verschanzt.

»Ich hab versucht ...«, begann ich und starrte auf meine Hände. Sie zitterten leicht, als Darryl ohne zu Zögern nach ihnen griff und sie leicht drückte.

»Er war vermutlich sofort tot. Du hättest nichts tun können.«

Ich nickte mechanisch und konnte nur daran denken, wie ich noch dieses warme Blut an den Händen gespürt hatte. Aber da war er also schon tot!

»Ricks Kleiner ist erst zwei«, sprach jetzt Charlie und versetzte mir noch einen weiteren Stich. Rick war Vater? Oh, großer Gott!

Darryls Kiefer mahlten wieder, während er zu Ricks Leiche starrte. »Wir werden uns um seine Familie kümmern.«

Die anderen Jungs sammelten die Männer zusammen, als ich *ihn* erkannte. Der Typ, der auf Rick geschossen hatte, blutete nur leicht an der Schulter. Er lebte!

Ich starrte ihn wie betäubt an. Er hatte überlebt! Er hatte Rick, einen Vater, umgebracht, weil was? Weil er einen Pädophilen unterstützte? Weil er vielleicht mitmachen wollte?

Darryls Hand berührte meinen Rücken. Ich sollte mitgehen, aber irgendwas hielt mich hier. War es das? War es genau das Gefühl, das Darryl in seinen dunkelsten Momenten überkam?

Ich dachte nicht weiter darüber nach. Ich hob den Arm und schoss. Er war nicht mehr als drei Meter von mir entfernt und hatte dieses ekelhafte siegessichere Lächeln im Gesicht. Mit einem einzigen Schuss riss ich es ihm aus seiner Visage. Sein Körper fiel sofort zu Boden.

Schwer atmend stand ich weiter dort ... meine Waffe, mein ganzer Arm zitterte, dann wurde mir die Waffe schnell entrissen.

»Nika?«

Ich spürte zwei Hände, die mein Gesicht umschlossen. Dann zwei intensiv-dunkle Augen, die mich besorgt musterten.

»Er hat Rick getötet«, erklärte ich mit tonloser Stimme.

Darryl verstand sofort und nickte einfach nur.

Die Fahrt nach Hause nahm ich nur vernebelt wahr. Bobby lag in Charlies Armen und schlief. Vermutlich hatten diese Kerle ihm irgendwas gegeben. Darryl hatte mich in den Arm genommen, aber irgendwie ... fühlte es sich anders an. So leer. Ich fühlte mich absolut leer.

Als wir zu Hause ankamen, wollte ich einfach nur noch unter die Dusche.

Isabelle war heilfroh, dass ihr Sohn wieder da war, aber ich befürchtete, dass Darryl sie nicht so schnell wieder allein mit ihm ließ. Was wiederum gut für den Jungen war.

Ich lief an Darryl vorbei, an Charlie, an allen ... JJ war wohl auch noch wach gewesen, aber ich wollte einfach ... keine Ahnung, was ich wollte. Überall klebte das Blut an mir und immer wieder spielte sich dieser Schuss in meinem Kopf ab. Ein Leben hatte ich beendet. Ein menschliches Leben!

Mein Zimmerlicht schaltete ich an und dann setzte ich mich erst mal auf mein Bett. Langsam holte ich Luft.

Rick ... er ist tot und bald wird auch sein zweijähriger Sohn erfahren, dass er ohne Daddy aufwachsen wird. Konnte das ein Kleinkind überhaupt verstehen? Gott, er würde vermutlich nicht mal Erinnerungen an ihn haben!

Ich biss mir auf die Lippe, weil ich an meine Mom denken musste. Was würde ich denken und fühlen, wenn ich so gar keine Erinnerungen mehr an sie gehabt hätte?

Die Tür ging auf und Darryl stand plötzlich im Zimmer. Er war schon seit Tagen nicht mehr zu mir gekommen. Ob er nachts noch immer hier auf der Couch schlief, wusste ich nicht, seit ein paar Tagen war mein Schlaf mehr als gut gewesen.

»Willst du dir das ganze Zeug nicht abwaschen?«

Ich schnaubte. »Passt zur Jogginghose«, scherzte ich sarkastisch.

»Nika«, seufzte er und kam auf mich zu. Im Gegensatz zu mir sah er immer noch toll aus. Obwohl er jemanden ins Jenseits versetzt hatte. Toll!

»Lass es, Darryl! Ich hab echt keine Lust, noch über irgendwas zu reden.«

»Du hast dich in Gefahr gebracht«, redete er trotzdem weiter.

»Hab ich nicht. Falls es dir nicht entgangen ist, ich konnte sehr gut auf mich aufpassen!«

»Das war pures Glück! Und das wirst du nicht ewig haben! Sieh dir Rick an, er war ein begnadeter Schütze!«

»Danke, dass du ihn noch mal erwähnen musst. Es ist ja nicht so, dass die Hälfte seines Blutes noch an mir klebt«, schrie ich ihn an. »Und falls du dich erinnerst: Du hast mich mitgenommen. Es war doch klar, dass ich nicht wie eine dumme Gans im Auto warte!«

»Du musst mir aber zumindest in dieser Sache gehorchen, Nika. Du hast Rick sterben sehen und seinem Mörder das halbe Gesicht weggeschossen!«

»Und ich würde es immer wieder tun, weil dieser Dreckskerl noch gegrinst hat, während irgendwo Ricks kleiner Sohn ohne Daddy aufwachsen muss!«

Darryls Wut war wie weggeblasen. Er starrte mich mit offenem Mund an.

»Was?«, fragte ich leicht verunsichert. Vermutlich sah ich doch schlimmer aus als vermutet.

»Du machst dir wegen Ricks Tod Vorwürfe?« Seine Frage klang leicht verunsichert.

»Ich konnte ihm nicht mehr helfen. Aber ja, irgendwie schon«, seufzte ich und fuhr mir durch mein Gesicht.

Das schien wenigstens nicht mit Blut besudelt zu sein.

»Aber nicht wegen seines Mörders«, sprach er weiter und befand sich plötzlich direkt neben mir. Ich sah zu ihm hoch und erwiderte sein leicht schmunzelndes Grinsen.

Ich fühlte mich so merkwürdig. Schon wieder. Als hätte ich jegliche Motivation, morgen lebendig aufwachen zu wollen, verloren.

»Nimm dir, was du willst, Nika.« Darryl strich meinen Arm entlang und ich erschauderte. Aber die Berührung war nicht nur sinnlich, sondern auch tröstlich. Es tat so gut, körperliche Wärme zu empfinden. »Egal was es ist, nimm es dir.«

Er hatte diese ähnlichen Worte schon mal benutzt. Kurz bevor wir miteinander geschlafen hatten. Okay, er hatte mich an die Wand gevögelt. Wortwörtlich.

Sein Blick hielt meinem stand, und anstatt Lust oder Verlangen darin zu sehen, blickte ich nur in verständnisvolle Augen. Natürlich! Er kannte es doch auch nicht anders. Vielleicht tötete Darryl auch Menschen, die es nicht so wie Ricks Mörder verdient hatten, aber er brauchte auch ein Ventil, um alles herauszulassen. Und dieses Ventil war ... Sex. Er brauchte auch mich. Diesen kranken Idioten zu töten, hingerichtet durch einen Kopfschuss, ging auch nicht spurlos an ihm vorbei.

»Ich verspreche dir, ich werde dir alles geben, damit du dich besser fühlst«, sprach er weiter und ich drückte leicht den Kragen seines Hemdes.

»Wird es dir dann auch besser gehen?«

Vielleicht hätte ich es nicht sofort ansprechen sollen, aber ich tat es. Seine gerunzelte Stirn und sein konzentrierter Blick sprachen Bände. Wir redeten hier nicht mehr bloß von Befriedigung, wir redeten über Ablenkung und Trost.

Nach einer Weile antwortete er mir sogar.

»Ja, würde es.«

Es gab kein Halten mehr. Ich küsste ihn und er reagierte sofort. Als hätte er schon lang darauf gewartet.

Mit einem Ruck hob er mich hoch, ohne dass seine Lippen meine verließen.

Das wollte ich auch gar nicht. Es tat so gut, von ihm gehalten zu werden.

»Sachen ausziehen«, sprach er zwischen den Küssen. Dann lief er langsam los ins Badezimmer.

Ich tat das, weil auch ich es wollte. Ich zog mir mein Shirt aus und küsste ihn weiter. Seine Erektion war spürbar und törnte mich noch mehr an.

Plötzlich stellte er mich ab, mitten in der ebenen Dusche. Er ließ mich nicht aus den Augen, als er sein Hemd auszog. Diesmal hatte ich Zeit, ihn genauer anzusehen. Wenige Brusthaare fanden sich auf seinem Oberkörper, aber das machte nichts ... Darryl war so gut trainiert. So muskulös.

»Nika ...« Mit einem Finger berührte er mein Kinn und bat mich so, ihn anzusehen. »Was willst du?«

Eine simple Frage, aber wie zärtlich er diese ausgesprochen hatte, war wunderschön. Darryl mag nach außen hin der harte Typ sein, als der er sich im Club gegeben hatte. Aber ich sah auch das, was er keinem anderen außer mir zeigte.

»Dich«, antwortete ich ihm also wahrheitsgemäß, und das ehrliche Lächeln, das er mir schenkte, brachte auch mich zum Strahlen. Ich verlor meine Jogginghose, er seine Jeans.

Darryl stellte die Dusche an und drückte mich kommentarlos hinein. Ich spürte die kalten Fliesen an meinem Rücken, aber das war mir egal. Die Wärme seines Körpers nahm mir die Gänsehaut, und das warme Wasser half auch.

»Komm her«, flüsterte er mit rauer Stimme und küsste mich erneut. Dabei befand ich mich wieder an einer Wand und ich kicherte gegen seine Lippen.

»Immer wieder die Wand, was … auch wenn es die Duschkabine ist«, lachte ich. Darryl blickte mich mit diesen schokobraunen Augen an und grinste.

»Nur die Vorspeise, Darling. Nur die Vorspeise …« Ich wollte ihn fragen, was er denn damit meinte, und schon kniete er vor mir. Als seine Zunge meine Muschi berührte, sie küsste, leckte und mich wahnsinnig damit machte, wusste ich zum ersten Mal eine Vorspeise wirklich zu schätzen.

Nachdem ich gekommen war, dachte ich eigentlich, dass wir es jetzt wieder tun würden. Aber nichts da. Er wusch mir die Haare, befreite mich noch von dem wenigen Blut, dass das Wasser noch nicht fortgetragen hatte, und trug mich dann ins Bett. Als ich nackt auf dem Rücken lag und diese weiche Matratze unter mir spüren konnte, seufzte ich erst mal zufrieden auf. Was für ein Tag. Was für eine Nacht!

»Ist alles in Ordnung?«, fragte er. Darryl lag über mir und musterte mich konzentriert.

»Keine Ahnung. Es war ein bisschen viel.«

»Du meinst, als du allen Frauen praktisch gesagt hast, dass sie rausfliegen?«

Er klang belustigt, und doch fand ich es gar nicht komisch.

»Du meinst, deine Nutten!«

Da war es wieder! Diese Wut, dass Darryl Darryl war. Gott, konnte er nicht wie ein normaler Mann leben? Von mir aus schon mal geschieden oder so etwas. Aber mit acht Nutten? Okay, sieben. JJ zählte nicht.

»Ich habe sie nie wirklich als *meine* Nutten betrachtet«, flüsterte er und küsste meinen Hals. Genüsslich schloss ich die Augen, auch wenn das gerade total falsch war. Oder? Das war doch falsch! *In der Dusche hab ich das noch anders gesehen!*

»Aber sie waren für dein Vergnügen da«, hakte ich nach und Darryl stöhnte entnervt in meiner Halsbeuge auf.

»Zu Anfang waren sie es«, antwortete er mir endlich und schaute mir wieder ins Gesicht.

»Was soll das denn jetzt heißen?«

»Was macht ein 21-jähriger Junge, der gerade das neue Oberhaupt der Ostküstenmafia geworden ist? Er kennt keine Grenzen, Nika. Keine.«

Ich musste schlucken, weil die Situation jetzt völlig aus dem Ruder gelaufen war. Darryl wollte Sex, ich wollte es auch, und jetzt sprachen wir über die Probleme, die zwischen uns immer wieder aufkamen. *Weil ich nicht lockerlassen kann!*

»Aber wenn du das jetzt nicht mehr willst ...«

»Was glaubst du, was hier los ist, wenn die Männer sich nicht mehr ablenken können? Sie brauchen das nämlich, Nika. Auch Andie, Charlie und die anderen müssen den ganzen Scheiß, den wir jeden Tag durchziehen, verarbeiten, und da hilft Sex.«

»Du willst mir allen Ernstes sagen, dass die Frauen nur wegen deiner Bodyguards hier sind?«

»Ja, unter anderem. Ich lüg dich nicht an. Sie waren auch für mich da.«

Ich wusste es!

Darryl berührte mein Kinn und zwang mich, ihn anzusehen. »Ich bin kein Heiliger, Nika. Aber das weißt du.« Sein Blick wurde weicher. »Und doch bist du jetzt hier mit mir in *meinem* Bett.« Ehrfürchtig hörte er sich an. Immer öfter sprach er davon, wie überrascht er über viele Dinge war. Darryl schien sich selbst nicht in einem guten Licht zu sehen. Vielleicht hatte er recht. Die Dinge, die er jeden Tag tat, waren nun mal keine guten ... aber warum sagte mir mein Kopf, dass er sich irrte? »Heute hab ich es gesehen.«

Ich war verwirrt, verstand seine letzten Worte erst nicht. »Was gesehen?«

»Du hast abgedrückt. Ohne zu zögern. Ich hab so was noch nie gesehen. Nicht bei einer Frau.«

»Ich ...« Hastig schüttelte ich den Kopf. Nicht mal ich selbst wusste genau, warum ich so schnell und so gut schießen konnte. Ich empfand es einfach als richtig.

Immer noch lag er auf mir und ich konnte seine Erektion die ganze Zeit über spüren. Wir blickten uns wieder in die Augen.

»Du hast Ricks Mörder getötet. Seine Familie wird es dir danken, Nika. Daran solltest du denken.«

»Ich fühle mich nicht schuldig. Das ... sollte ich aber, oder?«

Er lächelte leicht, als er sich mit den Beinen zwischen mich drängte. Ohne zu zögern öffnete ich meine Beine für ihn.

»Wer entscheidet, was richtig oder falsch ist?«, flüsterte er und begann wieder meinen Hals zu küssen. Seine Hände kneteten meine Brüste, seine Zunge leckte an meiner empfindlichen Haut. Und dann schob er sich in mich. Ganz langsam, als würde er aufpassen, dass ich dabei nicht in tausend Stücke zersprang. Aber so fühlte es sich an. Unglaublich schön und nicht von dieser Welt.

Er bewegte sich schneller, als ich meine Hände in seinen Rücken krallte. Ich stöhnte, er stöhnte.

»Fuck«, fluchte er an meinem Hals und ich kicherte.

»Nika«, antwortete ich und Darryl gab ein wildes Schnauben von sich.

»Du machst dich lustig über mich? Über mich?« Er drückte sich etwas höher und stieß mit einem Ruck noch tiefer in mich. Ich schrie entzückt auf, klammerte mich an ihn und ließ mich ficken. So gut ficken ...

Schweißperlen glitzerten auf seiner perfekten Haut. Darryls Augen schimmerten und sprachen das aus, was ich dachte. *Wie gut konnte sich das hier zwischen uns noch anfühlen?*

Er beantwortete mir die stumme Frage, indem er eines meiner Beine zu sich an die Brust zog und mich somit noch tiefer vögeln konnte.

»Oh Gott!«, stöhnte ich laut auf, weil er so tief in mir war, dass ich jeden einzelnen Stoß bis ins Mark fühlen konnte.

»Nein, Darryl«, antwortete er angestrengt und stieß weiter zu.

Dieses Kribbeln ... ich ahnte den kommenden Orgasmus und ich sagte es ihm. »Bitte, ich komme gleich.«

Er wurde schneller, als würde ihn das noch mehr an Fahrt geben. Und dann ... als würde die Sonne aufgehen, schrie ich den Orgasmus heraus.

»Heilige ...«, murmelte er, hörte abrupt auf mit seinen Bewegungen und ergoss sich in mir.

 DARRYL

Ich zog mir mein Hemd an, während sie noch schlief. Nika war fix und fertig gewesen, auch wenn ich ihr noch dreimal diese Nacht den Verstand herausgevögelt hatte. Und wie ich das genossen hatte …

»Morgen«, murmelte sie plötzlich und starrte mich mit völlig zerzausten Haaren an. Dabei rutschte die Decke von ihrem Körper und ihre Brüste starrten mir entgegen. *Reiß dich zusammen. Ich hab Arbeit zu erledigen!*

»Guten Morgen«, lächelte ich sie an und begutachtete ihr morgendliches und frischgeficktes Aussehen. Wann war ich jemals so stolz gewesen, eine Frau in meinem Bett gehabt zu haben? Nie. *Weil ich nie eine von denen ins Bett gelassen habe.*

Ich suchte nach Zweifeln … irgendwas, das sie dazu bringen könnte, wieder auf stur zu stellen.

»Musst du schon runter? Ich dachte …« Sie fuhr sich durch ihr Haar und versuchte, es etwas zu entknoten. *Kein Erfolg, Darling. Nicht nach letzter Nacht!*

Damit war ihre Entscheidung wohl gefallen, und ich grinste weiter.

»Ich muss mich um die Sache im Club kümmern.«

Sie nickte und verirrte sich wohl wieder in die Gedanken von letzter Nacht. Eigentlich hatte ich vor, ihr Vorwürfe zu machen. Nika hatte nicht auf mich gehört und sich in große Gefahr begeben. Als ich sie dort im Club stehen sah, mit all dem Blut an ihrem Körper, drehte ich durch. Ich erschoss den Wichser, obwohl ich noch so einige Fragen an ihn gehabt hätte. Ich handelte impulsiv und es war scheißegal gewesen. Weil es mich Nika nähergebracht hatte. Sie verstand meine Welt, auch wenn sie deswegen zweifelte. Diese Zweifel würde ich nicht mehr zulassen.

»Alles klar«, antwortete sie und nickte viel zu schnell. Dann blickte sie lieber auf ihre Decke, als zu mir.

Ich wollte nicht, dass sie sich wieder zurückzog. Auch wenn ich ebenfalls Meister darin war, sollte das mit ihr nicht so werden.

»Darling?« Ich setzte mich zu ihr und griff nach ihrer Hand. »Hey ... Zieh dich an, geh mit JJ aus und später komm ich dann dazu.«

Sie starrte mich so entgeistert an, als wäre ich eine Erscheinung, die sie nicht ganz fassen konnte. Ich lachte, als mir klar wurde, warum sie immer noch so reagierte. »Ich hab dir gesagt, du kannst dich frei bewegen. Also sieh mich nicht so an. Komm, mach dir einen schönen Tag. Eine glückliche Frau, ein glücklicher Ehemann.« Ich küsste sie auf die Wange, damit ich ja nicht in Versuchung kam, noch mal von ihren Titten oder ihrer verdammt heißen Enge naschen zu wollen. Dann stand ich auf und lief zur Tür.

»Aber ...«

Ich ließ sie nicht erst aussprechen. »Bis nachher.«

Bevor ich die Tür schloss, konnte ich noch ihren verwirrten Gesichtsausdruck sehen. Wann würde sie

endlich kapieren, dass sie niemand zwang hierzublei-
ben? Gut, vielleicht wollte ich nicht, dass sie ging.
Aber wenn sie es wirklich darauf anlegen würde,
könnte ich sie nicht aufhalten. Wenn Nika wirklich
gehen wollte, würde ich sie ziehen lassen. Jemanden
wie sie, mit diesem sturen Willen, würde sonst nicht
glücklich werden. Aber genau das wollte ich ja. Sie
mit meinen Mitteln und meinem ... verkümmerten
Herzen glücklich machen ...

Und wenn man die unzähligen Orgasmen mal zählte, die sie heute Nacht hatte, dann war ich nah dran,
würde ich sagen.

»Darryl.«

Ich war nicht ganz die Treppen heruntergelaufen,
da stand auch schon mein Onkel vor mir. Er kam und
ging, wann es ihm gefiel. James war auch einer der
wenigen, der das Anwesen betreten durfte.

»Ich hatte dich eigentlich in deinem Büro erwartet.«
Mein Onkel, der schon vollständig ergraut war und dennoch herumhurte wie ein 20-jähriger und sich vermutlich auch so jung fühlte, blickte auf seine Armbanduhr.

»Entschuldige, Nika und ich ...«

Ich kam unten an und er nickte bedächtig.

»Ah, deine Frau. Ein Jammer, dass die Hochzeit
so schnell stattfand. Ich wäre gerne gekommen, aber
die Geschäfte in Neuseeland haben etwas länger ge-
dauert.« James war Unternehmer vieler Firmen, mit
denen er Millionen machte. Dazu mischte er noch
ordentlich den Aktienmarkt auf. Er verdiente also
praktisch überall Geld.

Er schlug mir wie immer auf die Schulter und nickte
zufrieden.

»Geht es dir gut, mein Junge?«

Jedes Mal erkannte ich Mom in seinen Augen. Sie hatte die gleichen wachen grüngrauen Augen. Ich nickte nur und führte ihn in mein Büro.

»Möchtest du etwas frühstücken? Oder etwas trinken?«

Ich setzte mich an meinen Schreibtisch und wartete ab. Er war Moms älterer Bruder und verabscheute meinen Dad genauso wie ich. Vermutlich verband uns das so sehr. Und natürlich auch Moms Liebe. James liebte seine kleine Schwester abgöttisch.

»Nein, nein. Mach dir keine Mühe«, antwortete er mir und setzte sich seufzend. »Also, wie kommt es, dass die halbe Welt darüber spricht, was du da ausgehandelt hast?«

Ich schnaubte und spielte mit meinem Kuli, der auf dem Tisch lag, herum.

»Ihr habt sehr lange gekämpft, Junge. Micael ist ein Monster, und selbst du bist neben ihm ein zahmer Tiger. Also, warum ...«

»Oh, Entschuldigung.«

Nika stand in der Tür, eingehüllt in ein hübsches, aber schlichtes Sommerkleid. Die Haare hatte sie hochgesteckt und sie war noch nicht geschminkt. Aber dieses Strahlen in ihrem Gesicht übertraf alles.

»Ah ja«, sprach James und stand auf. »Da haben wir wohl den Grund.« Er wandte sich mir kurz zu, grinste und lief dann gentlemanlike zu Nika.

»James Randall Senior. Freut mich sehr, Nika.« Er gab ihr einen galanten Handkuss und ich schüttelte lächelnd den Kopf. *Alter Schwerenöter!*

»Ähm ...« Sie wusste nicht wirklich, was sie sagen sollte. Kein Wunder. In meinem Büro standen sonst immer nur Leute, die sich nicht mal in ihre Nähe wagen sollten.

»Darf ich dir meinen Onkel mütterlicherseits vorstellen? James.«

Ihre Miene erhellte sich sofort, als ihr klar wurde, dass hier gerade die gute Seite zu Besuch war.

»Es freut mich auch sehr, James.«

Mir fiel auf, dass er ihre Hand etwas länger hielt als normal. Erst wollte ich etwas sagen, ihn daran erinnern, dass Nika sicherlich keine Beute für den alten Sack wäre, aber dann bemerkte ich seinen Blick. Er fiel auf ihren Ehering. Wenige Augenblicke später ließ er die Hand endlich los und lächelte wieder freundlich.

»Möchtet ihr vielleicht auch etwas essen? Ich hab einen Bärenhunger.«

Wir beide verneinten, dennoch musterte ich sie noch einmal. Diese Beine ... in diesem Kleid. Gott, sie fühlten sich am besten an, wenn sie meine Hüften umschlossen und ...

»Ich fragte ...«, wiederholte wohl mein Onkel und ich bemerkte, dass Nika längst gegangen war. Nicht mal ihren Abgang hatte ich mitbekommen. Mehrmals räusperte ich mich, um wieder klar denken zu können.

»Was hast du gesagt?«

»Ich fragte, ob Micael noch eine Tochter hat?«

Ich schüttelte den Kopf und setzte mich wieder in meinen Stuhl. »Setz lieber die blauen Pillen ab, alter Mann. Und dann kannst du auch gleich aufhören, sie so anzusehen.«

»Normalerweise bist du nur so besitzergreifend, wenn es um deinen Job geht. Wieso hast du diesen Deal wirklich gemacht, Darryl?«

Seufzend fuhr ich mir durch mein Haar.

»Sie trägt den Ring deiner Mutter.«

»Ich weiß, ich habe ihr den Ring gegeben. Hörst du jetzt mal auf, mich zu löchern?«

»Ich bin hergekommen, um dich zu löchern, mein Junge. Und das weißt du ganz genau. Viele haben sich gefragt, warum zum Teufel du den Feind in dein Land hineinlässt. Aber ... Nika wirkt nicht wie der Feind. Sie wirkt unschuldig.«

Ich versuchte mich an einem Lächeln. Nika war unschuldig und hatte absolut nichts mit Micael und mir zu tun. Sie war nur der Grund, dass ich auf etwas Glück in meinem Leben hoffen durfte.

»Pass bitte auf, Darryl.«

Fragend blickte ich ihn an.

»Jemanden zu lieben ist etwas ganz Normales. Für Menschen wie dich wird es aber immer ein Risiko sein. Hast du Feinde, hat sie die auch. Bist du in Gefahr, ist sie das auch.«

Lange starrten wir uns einfach an. Er wollte mir helfen, das wusste ich. Dieser Besuch hier war wie alle anderen zuvor fast väterlicher Natur.

»Sie wird bei mir sicher sein«, antwortete ich daher und James nickte. Dann dachte ich an das Bild von ihr gestern Nacht. Sie blutverschmiert und kurz vor dem Nervenzusammenbruch.

Er legte den Kopf leicht schief.

»Eine Vulkova hat dich verändert. Hätte das jemand vor meinem letzten Besuch gesagt, hätte ich bei einer Wette gegen dich gesetzt. Das hätte jeder.«

James und seine Glücksspiele ... Er würde wohl niemals davon loskommen.

»Ich bin immer noch der Alte, also komm mal wieder ...«

»Wo zum Teufel sind eigentlich die Mädchen? Claudia hätte mir jetzt eigentlich schon einen Drink gebracht und mir schmutziges Zeug ins Ohr geflüstert!« Er sah sich um, als würde er sie gleich erwarten.

»Sie ...« Ich räusperte mich wie ein kleiner Schuljunge, weil ich wusste, wie er die neue Information aufnehmen würde. »Sie wohnen nicht mehr hier.«

»Ach?«

Er brauchte mir gar nicht mit dieser hochgezogenen Augenbraue kommen, und mit diesem bescheuerten Grinsen auch nicht. Ich war noch immer Darryl Wood. *Der* Darryl Wood! Auch wenn ich es meiner Frau so angenehm wie möglich machen wollte, war ich immer noch in meinem Job knallhart.

NIKA

»Guten Morgen«, sprach ich fröhlich in die Küche, als mir auffiel, dass Isabelle mit Bobby an der Kücheninsel saß und frühstückte. JJ saß ihnen gegenüber und musterte die beiden seltsam.

Rosalie stand am Herd und bereitete Speck zu, wenn meine Nase mir keinen Streich spielte.

»Es ist fast Mittag, Liebes«, lächelte die alte Frau mich an und ich grinste zurück. Mit Sicherheit wurde ich auch rot, deswegen griff ich mir schnell etwas zu essen und biss hinein.

»Kann ich noch etwas Saft haben?«

Bobbys leise Stimme versetzte mich wieder ins Hier und Jetzt. Er sah müde aus, aber dennoch fast unversehrt. Äußerlich. Darryl wollte nicht erzählen, wie er Bobby vorgefunden hatte. Das wollte ich aber auch ehrlich nicht wissen. Es war schon schlimm genug, dass es überhaupt so gekommen war.

»Sicher«, antwortete Isabelle und goss ihm noch etwas Orangensaft ein. Sie sah etwas besser aus als gestern Nacht. Ihre Kleider sahen neu aus, ihre Haare nicht mehr ungewaschen. Doch das Zittern war noch immer leicht zu sehen.

»Ich bin fertig«, erklärte JJ etwas genervt und stand auf.

»Lust, nachher in die Stadt zu fahren?«, fragte ich noch schnell, und sie nickte, ohne mich anzusehen. Merkwürdig. Aber vermutlich hatte sie einfach wenig geschlafen.

»Wie geht es euch?«, fragte ich und setzte mich jetzt auf JJ's Platz.

»Gut, oder Bobby?« Isabelle fuhr ihrem Sohn durch die dicken Haare, der wehrte sie aber genervt ab. Ganz der Achtjährige, dachte ich im Stillen.

»Charlie sagt, dass Darryl uns in ein Mutter-Kind-Haus mit angeschlossener Therapie für Suchtkranke bringt. Das ist so was wie …«

»Eine Entzugsklinik?«, hakte ich nach und Isabelle nickte seufzend.

»Ich darf ihn behalten, sagt Darryl. Wenn ich wieder …« Isabelle sprach nicht weiter, schien ganz versunken in ihre Gedanken.

»Isabelle«, ertönte Charlies Stimme, als er in die Küche kam. Er nickte mir zu, dann blickte er wieder zu Bobby und Isabelle. »Es wird Zeit.«

»Danke euch, für die Hilfe …« Sie lächelte mich an, so wie es in ihrem Zustand möglich war, und nahm Bobby an die Hand.

»Wiedersehen«, verabschiedete er sich auch und folgte Charlie und seiner Mutter.

»Was für ein kleiner süßer Mann«, schwärmte Rosalie und ich nickte.

Ich spürte ihren Blick, biss aber lieber in ein Croissant.

»Wann darf ich denn mal für so einen kleinen Mann kochen?«

Das halbe Croissant spuckte ich wieder aus, und es fiel auf den Teller vor mir.

»Was?«, krächzte ich und nahm mir schnell ein Glas, füllte es mit Saft und trank hastig.

»Na komm. Ihr seid verheiratet. Das ganze Haus redet von letzter Nacht. Davor hast du auch endlich diese unanständigen Mädchen hinausgeworfen ... das ruft doch praktisch nach Familie.«

»Also, ich hab sie nicht rausgeworfen!«, spielte ich die Sache herunter. »Sie werden auf jeden Fall Starthilfe bekommen, also damit sie zurechtkommen.« *Und nicht wie Isabelle enden. Das habe ich mir vorgenommen!*

»Du brauchst dich nicht rechtfertigen, meine Liebe. Diese ganze Hurerei hier im Haus ...« Sie wedelte verdammt gefährlich mit dem Pfannenwender herum. » ... lief schon viel zu lang. Es wurde Zeit, dass das jemand beendet!«

Sie hatte recht, und doch konnte ich auch Darryl verstehen. Er wollte seinen Männern und sich Ablenkung bieten. Auch wenn ich es jetzt nicht mehr ertragen hätte, dass sie hier waren. Nachvollziehen konnte ich diesen Lebensstil irgendwie. *Mann, dass ich das einmal zugeben würde, hätte ich auch nicht gedacht.*

Gestern Nacht hatte ich noch den Gedanken, dass der Sex mit Darryl einfach eine gute Ablenkung war. Jetzt musste ich zugeben, dass ich ... verwirrt war.

Ich hatte wenig Erfahrung, verliebt war ich das letzte Mal in der Highschool gewesen. Aber sollte sich unverbindlicher Sex zum Ablenken so gut anfühlen? Wenn er mich dabei anschaute, vergaß ich alles um uns herum. Da war nur Darryl. Wie er mich nahm, wie er mir schöne Dinge ins Ohr flüsterte und ... einfach für mich da war.

»Ich würde mich auf jeden Fall freuen, wenn es bei den Woods endlich wieder Nachwuchs geben würde.

Weißt du, es gibt nicht mehr viele. Einige haben nach den ganzen Problemen mit ...« Sie war dabei die Spüle zu säubern, als sie damit abrupt aufhörte.

»Du meinst, weil mein Dad ein Arschloch ist?« *Warum die Wahrheit verschweigen?*

Perplex sah sie mich an, dann nickte sie. »Wie auch immer. Es kommen nicht mehr viele Familienmitglieder zu Besuch. Darryls Arbeit ist halt keine sichere. Da muss man Abstriche machen.«

Ich goss mir einen Kaffee ein und genoss das Aroma, das aus der Tasse aufstieg.

»Selbstverständlich wären eure Kinder sicher. Niemand traut sich auf das Grundstück. Zumindest eines wäre für den Anfang recht schön. Hach, Kinderlachen zu hören, und das täglich. Das wäre es ...«

Rosalie plapperte und plapperte. Nur die Hälfte nahm ich wahr, bis ... bis sich mein Verstand wieder meldete. Nachwuchs = Sex. Sex = Nachwuchs.

»Oh Gott«, murmelte ich und dachte an all die Male, in der wir Sex ohne Kondom hatten. Einmal ... zweimal ... dreimal ... viermal ...

»Shit!« Ich stand so schnell auf, dass der Kaffee aus der Tasse schwappte und die Kücheninsel überflutete.

»Kindchen. Das ist doch nicht schlimm, wir wischen das auf, und ... ach, guten Morgen, Darryl.«

Stocksteif blieb ich stehen und starrte wie betäubt zu Rosalie, die nichts ahnend meinen verschütteten Kaffee aufwischte.

»Morgen«, brummte er. Irgendwas schien ihn schon wieder zu stören. Vermutlich hatte er auch begriffen, dass wir nicht verhüteten. Warum nicht also direkt mit der Sprache herauskommen?

»Wir haben nicht nachgedacht«, sprudelte es aus mir heraus, und Darryl stellte sich neben mich, um sich einen Kaffee einzuschütten.

»Worüber?« Ahnungslos nippte er an seiner Tasse und schaute mich an.

»Ist James nicht gekommen?«, sprach Rosalie jetzt dazwischen und stellte Darryl einen Teller hin.

»Er musste los«, antwortete er kurz angebunden und blickte wieder zu mir.

»Was meinst du?« Seine Stimme klang gereizt und hochkonzentriert, als würde er schon darauf warten, dass ich etwas sagen würde. Nur irgendwie verlor ich mich wieder in diesem Blick und schon wurde dieser sanfter. Er grinste sogar leicht.

»Wir haben nicht verhütet«, platzte es dann doch aus mir heraus und der Schock stand ihm sofort ins Gesicht geschrieben. *Er hat auch nicht daran gedacht!*

Dieses dunkle Funkeln war wieder da. Das Funkeln, das mir immer Angst machte.

»Rosa! Lass uns allein!«

»Aber …«, wollte sie sagen, aber Darryl starrte sie so wütend an, dass Rosa mir nur einen kurzen mitfühlenden Blick schenkte und dann aus der Küche lief.

»Wie konnte das passieren?«, fing er sofort an. Auch wenn er nur wenige Zentimeter von mir entfernt stand, wuchs die Wut. »Das darf doch nicht wahr sein!« Dann lief er durch die Küche, immer wieder.

»Ich bin auch nicht gerade begeistert, aber ich lass mir sicher nicht allein die Schuld geben. Wir beide hätten daran denken müssen, oder meinst du nicht? Du bist hier der Stecher vom Dienst. Nicht ich!«, feuerte ich ihm entgegen.

»Ich hab keine der Weiber ohne Schutz gefickt, Nika!«, brüllte er mich so laut an, dass ich stocksteif stehen blieb. Seine Schultern bebten vor Zorn, sein Kiefer mahlte. »Du bist die Erste ohne irgendeine Scheiß-Barriere und jetzt sagst du mir, dass du nicht anderweitig verhütet hast?« Dieses Geständnis hätte ich nicht erwartet. Ich war die Erste?

»Ich bin mit nichts hierhergekommen, Darryl. Soll ich mir die Antibaby-Pille nur ganz fest wünschen und sie wäre dann aufgetaucht, oder was?«

Er sagte nichts, starrte mich nur wütend an. Es machte mich fast genauso sauer, dass er mir allein die Schuld für diese Lage gab.

»Wann war deine letzte Periode?« Völlig irritiert von seiner Frage, blickte ich ihn an. »Sag schon! Wann?« Er kam ein paar Schritte auf mich zu.

»Vor knapp drei Wochen. Ich müsste wieder ...«

»Gut«, sprach er mir dazwischen. »Zur Vorsicht besorgen wir dir die Pille für danach.« Dann stampfte er aus der Küche, als müsste er ganz dringend von mir weg.

Aber nicht mit mir! Was dachte der Arsch sich eigentlich? Ich stampfte ihm hinterher. Ja, wortwörtlich.

Darryl befand sich natürlich in seinem Büro und schien zu telefonieren.

»Ja, sofort! Ich dulde keine verspätete Lieferung!«, brüllte er in sein Handy und schmiss es dann wütend gegen die Wand. Mit offenem Mund starrte ich ihn an.

»Was ist los?«, stotterte ich völlig perplex.

»Die Apotheke wird dir die Pille danach ...«

»Was? Das war eben der Anruf? Deswegen machst du so ein Heiden-Theater und schrottest dein Handy?«

»Du könntest schwanger sein!«, brüllte er mich laut-stark an.

»Ja, könnte ich. Aber die Wahrscheinlichkeit ...«

»Die Wahrscheinlichkeit?« Er lachte und lachte, aber es war kein fröhliches Geräusch. Er machte sich lustig über mich! »Darling, es reicht ein einziges Mal und du könntest ...«

»Keine Ahnung, warum es mir keine Angst macht, aber du reagierst über!«

»Über?« Fassungslos starrte er mich an.

»Ja, über! Du hast mich auch ohne mit der Wimper zu zucken geheiratet. Ja, ich würde es auch nicht für optimal ansehen, wenn ich jetzt auch noch schwanger wäre, aber mir allein die Schuld zuzuweisen, finde ich einfach nur erbärmlich!«

»Ach, findest du?« Er entspannte sich etwas, aber die geballten Fäuste zeigten etwas völlig anderes.

»Und wer weiß, wie viele kleine Darryls noch in der Welt herumlaufen? Du kannst es nicht wissen!«

Er schnaubte. »Glaub mir, ein Kind ist das Letzte, was ich will.«

Das saß. Aber warum saß das? Ich kam doch gerade mal damit klar, dass ich mich zu ihm hingezogen fühlte.

»Aber warum?« Ich hätte das Thema auf sich beruhen lassen sollen. Still starrte er aus dem Fenster und ich bereute schon, ihn gefragt zu haben. Eine Zeit lang sagte er nichts.

»Ich weiß, warum du dich zu mir hingezogen fühlst.«

Von diesem Themenwechsel war ich überrascht. Er drehte sich zu mir um und grinste, aber es war nicht ehrlich gemeint. Er spielte es, wollte mich damit einschüchtern.

»Der kleine unschuldige Darryl findet seine tote Mutter. Natürlich berührt das einen, oder?«, sprach er weiter und verunsicherte mich noch mehr. »Und ja, das veränderte mich. Ich war nicht mehr derselbe.« Kurz schien er ganz weit weg mit seinen Gedanken zu sein, dann blickte er mich wieder an. »Ich war 21, hatte Semesterferien und dachte, warum auch immer, dass ich wieder mal zu Hause vorbeischauen sollte. Mein sadistischer Daddy könnte sich vielleicht mal freuen, seinen einzigen Sohn wiederzusehen. Aber natürlich interessierte es ihn einen Dreck, ob ich da war oder nicht. An dem Tag waren ein paar Nutten im Haus, er war sturzbesoffen und redselig.« Er schloss die Augen und holte tief Luft. Mein Herz schlug wie verrückt in der Brust. Was wollte er mir damit sagen? Warum starrte er mich dabei so finster an? Was zum Teufel wollte er sich damit beweisen?

Er ging langsam auf mich zu.

»An diesem Tag wurde ich das Oberhaupt der Familie, weil ich meinen eigenen Vater getötet habe!«

Was? Ich suchte nach der Lüge, als er circa zwei Meter vor mir stehengeblieben war.

»Warum hast du das getan?«, fragte ich, ohne schuldbewusst klingen zu wollen.

»Warum ich das ...?« Er fuhr sich lachend durch die Haare. »Ist das noch wichtig? Was für ein Mensch würde so etwas tun? Richtig. Kein Mensch, nur ein Monster!«

»Du ...«

»Ich töte, Nika. Ich töte jeden, der mir in den Weg kommt. Mir ist es egal, ob sie eine Schwester war, er ein Bruder oder ob sie Eltern sind ... sie sterben, wenn sie sich meinen Regeln nicht beugen. So einfach läuft es. So einfach ist das Geschäft.«

»Hast du geglaubt, ich wüsste nicht, wie die Mafia läuft, Darryl?«, hakte ich nach und lachte sarkastisch auf. »Ich mag die Prinzessin gewesen sein, aber ich habe genug ...«

Mit einer einzigen Bewegung hatte er mich am Nacken gepackt und mich gegen die Kommode hinter mir gedrängt.

»Hast du das? Hast du endlich genug gesehen, dass du kapierst, dass ich nicht der Prinz in der schimmernden Rüstung bin? Wie soll so jemand Vater werden? Wie soll so jemand ...«

Seine Augen fixierten mich, als würde er jede einzelne Bewegung, jede Reaktion von mir analysieren. War das vielleicht ein Test? Wollte er sehen, wie loyal ich war? Nein. Das würde er nicht tun. Das hier war etwas anderes. Er wollte mir einreden, was er alles nicht war. Aber Darryl vergaß dabei, was er war. Alles, nur kein Monster. Nicht bei mir!

»Ich habe keine Angst vor dir«, flüsterte ich, als sein Druck um meinen Nacken stärker wurde.

»Dann bist du dumm!«

»Nein, wenn du mir etwas tun wolltest, hättest du das längst getan. Und wen könntest du mehr hassen als meine Familie?« *Seinen Vater - kommt es mir in den Kopf.* Warum hatte er ihn getötet? Warum?

Immer noch standen wir aneinandergepresst in seinem Büro. Darryls Kiefer mahlte, während er weiter starrte.

»Du hast deinen Vater getötet, warum?«

Quälend lang hielten wir den Augenkontakt, bis er seufzend die Augen schloss.

»Lass es, Nika. Du versuchst etwas in mir zu sehen, das ich nicht bin.«

»Ich weiß, wer du bist.« Ich berührte seine Wange, leicht, damit er wenigstens verstand, dass das nichts änderte. Er öffnete seine Augen und wir schauten uns an. So viel Kummer lag in seinem Blick. Es zerriss mir das Herz. »Mir gefällt es nicht, was du tust. Aber das heißt noch lang nicht, dass ich nicht wüsste, wer du bist. Du beschützt mich und ... ich denke ...« Oh Gott, wollte ich ihm jetzt sagen, dass ich mich verliebt hatte? Mein Puls schoss in die Höhe. Ja, ich war verliebt. In ihn! Oh mein Gott. Ich war verliebt ...

»Das bringt doch nichts!« Er ließ mich los und lief ein paar Meter durch den Raum, dann stand er wieder am Fenster. Ich fühlte mich gerade so leer. Hatte er es also geschafft? Ich zweifelte an ihm? Nein. Diese ganze Baby-Sache hatte ihm nur Angst gemacht, deswegen reagierte er so.

»Du hast Isabelle und Bobby nicht getrennt«, sagte ich. Mehr als eine kurze Bewegung nahm ich nicht wahr. Er hatte mir den Rücken zugewandt. »Diesen Therapieplatz hast du ihr besorgt, stimmt's?« Wieder reagierte er nicht.

»Du gibst deinen Männern die Möglichkeit, Luft holen zu können, indem du ihnen erlaubst, deine Frauen anzufassen.« Okay, den Satz werde ich nie wieder sagen. »Du hast mir ein Zuhause gegeben, obwohl ich alles andere als nett zu dir war. So was tut doch kein emotionsloser Mann. So was tut ein Mann, der Mitgefühl in sich trägt.«

»Ich habe dich entführt, dich gezwungen mich zu heiraten und ...«, konterte er und drehte sich zu mir um.

»Ja und am Anfang fand ich das alles andere als toll. Aber ... dieses Haus lebt, Darryl. Ich hatte niemanden außer Igor bei meinem Vater. Und der durfte nie zeigen, was für eine Vater-Tochter-Beziehung wir pflegten. Hier ist alles anders. Charlie trainiert mit mir, JJ ist eine Freundin geworden und Rosalie ist die bezauberndste Frau, die ich jemals kennenlernen durfte. Du hast deinen Job, ja. Er ist brutal und gefährlich, das will ich gar nicht abstreiten. Aber hier gibt es Familie. Hier bin ich.«

Darryl

Sie stand immer noch hier. Obwohl ich mehr als einmal klarmachen wollte, wer ich war. Diese Verhütungsscheiße fraß mich auf. Das hätte niemals passieren dürfen.

Hätte ich mal nachgedacht. Aber so war das schon immer bei Nika. Wer dachte bei so einer Frau noch mit dem Kopf, wenn man mit dem Schwanz schon so tief drinsteckte?

Und jetzt blickte sie mich mit diesen offenen und ehrlichen Augen an. Als hätte ich mich nicht wie das größte Arschloch benommen. Aber das war ich ja. Ein Arschloch. Ein reicher Mafiosi, der davon geträumt hatte, mit einer Frau wie Nika glücklich zu werden.

Und dann sprach sie von meiner Dummheit. Denn es war meine! Wie konnte man nicht an Verhütung denken? Wann hatte ich das in meinen 31 Jahren als schwanzgesteuerter Kerl vergessen! Nie.

Aber mein Verstand hatte schon vor der Hochzeit gewusst, wie anders, wie gut sie war.

Gestern Nacht hatte ich mich hinreißen lassen. Sie war verletzt, aber zeigte auch Stärke. Nika konnte verstehen, warum sie geschossen hatte. Sie wurde nicht hysterisch oder bereute. In diesem Moment wusste ich, dass sie mir unter die Haut ging. Ziemlich tief sogar.

»Kommst du, Nika?«

JJ steckte den Kopf in mein Büro und fixierte meine Frau. Shit, meine schlimmste Schwäche wurde zu meinem größten Problem.

»Jetzt schon?«, fragte Nika nach. Sie wollte immer noch nicht gehen? *Verflucht!*

»Ja, draußen ist die Luft besser«, antwortete sie und fixierte mich kurz mit ihrem bösen Blick.

Nika blickte zu mir, ich wandte mich aber schnell wieder ab.

»Okay, ich komme.«

Sie ging, ohne noch etwas zu sagen. Die beiden waren längst aus dem Tor gefahren, da fiel mir ein, dass sie die Pille danach doch noch neben sollte. *Ich sag's ja.* Diese Frau brachte mich um den Verstand!

Ich stand in seinem Arbeitszimmer. Die Nutten rannten bis auf eine lachend hinaus, als sie mich bemerkten. Manche besaßen tatsächlich noch so etwas wie ein Schamgefühl. Die Rothaarige allerdings klebte wie ein Magnet an meinem Vater, der es genoss, von ihr abgeschleckt zu werden.

»Was tust du hier, Darryl? Du siehst doch, dass ich ...«
Er stöhnte, als sie seinen Schwanz in der Hose packte. Ich hatte in meiner Jugend so einiges gesehen, auch dieses Bild - Dad im Sessel, Nutte auf seinem Schoß - war mir nicht unbekannt.

»Es sind Semesterferien«, antwortete ich genervt und drehte mich wieder um, um vielleicht doch noch in die Hamptons oder so zu fahren. Den Rest des Winters würde ich mir nicht so antun. Was hatte ich mir nur gedacht? Dass er sich mal zusammenreißen würde? Pah.

»Ach, komm schon! Sei einmal der Mann, zu dem ich dich erzogen habe!« Er nuschelte. Gott allein, und vielleicht die Nutten, wussten, wie viel er bereits intus hatte.

»Fass sie an! Wir beide können auch …«

»Raus! Sofort«, befahl ich der Rothaarigen und sie gehorchte sofort.

»Ach, komm schon!« Dad bettelte die Kleine förmlich an, zurückzukommen.

»Das hast du ja gut hinbekommen. Wehe, ich komm nachher nicht zum Zug!«

Mein Vater war mal ein trainierter Mann. Zu Zeiten von Mom wirkte er immer stark und groß. Nach ihr fing sein Verfall an. Damals dachte ich noch, es wäre, weil er sie vermisste, aber das stimmte nicht. Dazu war er einfach zu … shit, er war einfach ein kaltherziger und alter Wichser!

Er konnte nicht mal richtig im Sessel sitzen, als er mit zerknittertem Hemd, dreckiger Hose und einem lauten Lachen auf den Boden fiel.

»Du bist genau so ein Nichtsnutz wie deine verkommene Hure von Mutter!«

»Was?«

»Tu doch nicht so. Als wenn sie dich oder mich geliebt hätte. Diese Fotze hat mir nur Ärger gemacht und einen Sohn hinterlassen, der nicht fähig ist, meinen Job zu machen. Ist doch so, oder? Lieber verbringst du deine Zeit auf dem College, lernst irgendeinen Dreck, der dir niemals das Leben retten würde, wenn es darauf ankommt. Ich weiß, wie das Geschäft funktioniert. ICH bin das Geschäft!«

Er versuchte aufzustehen, die Schwerkraft machte ihm aber einen Strich durch die Rechnung. Wieder fiel er zu Boden und gab gequälte Laute von sich.

»Und deine Drecksmutter wusste das. Sie wusste, dass sie keine Chance gegen mich hat.«

Er lachte wieder, nur dass es diesmal so dreckig klang, dass ich am liebsten gekotzt hätte. Hier lief etwas falsch. Dad war schon immer ein Flachwichser, der lieber mit Worten traf als mit Fäusten. Er überließ anderen den Dreck, aber das hier ... das hier bedeutete etwas anderes.

»Was willst du mir sagen, Dad?« Ich biss mir auf die Zunge, weil ich etwas befürchtete, das nicht wahr sein konnte.

»Sieh mich nicht so an! Als wenn ich zugelassen hätte, dass sie sich umbringt. Nicht so!«

»Wovon zum Teufel sprichst du?«

Er stöhnte, fuhr sich durch sein faltiges Gesicht.

»Was glaubst du, wer ihr die Tabletten gegeben hat? Mmh?«

Ich musste mich abstützen. Es ging nicht mehr. Meine Hände drückten sich auf seinen Schreibtisch, während ich langsam ein- und ausatmen musste.

»Ich wusste schon lang von ihren Fluchtplänen. Sie wollte mit dir zusammen abhauen! Das wäre niemals gelungen! Niemals!«

Er hatte Mom umgebracht? Sie ... sie wollte sich gar nicht umbringen?

»Und das Blut?«

Die Erinnerung an diese Nacht war mittlerweile nicht mehr ganz greifbar. Vermutlich dem Schock geschuldet.

»Du meinst, dass sie sich die Pulsadern aufgeschnitten hat? Das war auch ich. Wenn sie schon die Aufmerksamkeit auf sich zieht, dann sollte es genug Drama für die nächsten Jahre geben. Es funktionierte. Jeder in dieser gottverdammten Stadt kannte nur ein Thema: die Woods!«

All die Jahre fragte ich Mom, warum wir nicht einfach flohen. Sie antwortete nur selten darauf. Mir war ihre Veränderung kurz vor ihrem Tod aufgefallen. Sie wirkte gelassener, viel ruhiger. Aber was sollte ein 13-jähriger Teenager daraus für Schlüsse ziehen?

»Du hast sie umgebracht!«

»Ach komm! Sie hat dich weich gemacht, war zu nichts mehr zu gebrauchen. Sie war ein Miststück, das dich mir wegnehmen wollte. Ein Wood lässt sich das nicht ge …«

Ich hörte ihm nicht mehr zu, ich starrte nur die Waffe an, die der dumme Idiot auf den Schreibtisch liegen hatte.

»Du wolltest doch immer, dass ich wie ein Wood handle«, sprach ich ihm dazwischen, griff mir die Waffe, entsicherte und zielte auf ihn.

Adrian Wood starrte mich das erste Mal mit dem Gefühl von Angst und Panik an. Niemals in meinem Leben hätte ich gedacht, dass sich das so gut anfühlen würde. Ich, auf der anderen Seite der Linie. Kein kleiner Junge mehr, der malträtiert wurde oder Schlimmeres.

Es gab kein Zögern. Keinen Zweifel. Ich schoss und traf meinen Dad zwischen den Augen. Das war das einzige Zugeständnis, weil er mein Vater war. Schnell und schmerzlos. So wie Mom einschlief, nachdem dieser Bastard ihr die Tabletten verabreicht hatte.

Mit langsamen Schritten lief ich zu ihm. Er lag regungslos auf dem Boden und starrte mich mit diesen verbrauchten, kaputten Augen an. So fühlte es sich also an, wenn man jemanden tötete. Gar nicht übel …

Schon Jahre hatte ich nicht mehr an diese Nacht zurückgedacht. Die Geschichte mit Moms Selbstmord war eine Wahrheit, die ich nur etwas verdreht hatte.

Was würde mir das nützen, wenn alle wüssten, dass ich meinen eigenen Vater umgebracht hätte? Es kostete mich eine Menge, dass die Nutten und die Männer im Haus ihr Maul hielten. Charlie half damals ... aber dennoch ... Ich wollte nicht mehr daran zurückdenken, dass *er* mir Mom genommen hatte.

Deswegen log ich Nika an ... Weil sie mir eh alles aus der Nase zog, ohne dass sie viel tun musste. Aber das konnte ich ihr einfach nicht sagen.

»Boss?«

Charlie stand direkt vor meinem Schreibtisch, aber ich hatte ihn nicht mal kommen hören.

»Was?«, hakte ich nach und ließ meinen Nacken mehrmals kreisen. Eine verdammte Zigarette wäre jetzt genau das Richtige ... aber nein, ich hatte für Nika ja aufgehört. Könnte das jemand hören, würde er fragen, welcher verdammten Weichspülerfirma ich entsprungen war.

»Telefon!«

Ich wartete auf den Anruf des leitenden Detectives in der Clubsache. Mal wieder ein paar Schmiergelder zahlen, damit sie die Fresse halten würden.

Charlie übergab es mir. »Vulkova.«

Ich seufzte, als ich den Hörer an mein Ohr hielt.

»Micael.«

»Darryl, Schwiegersohn. Wie geht es euch? Genießt ihr ...«

»Was willst du?«, sprach ich ihm dazwischen und ließ Charlie nicht aus den Augen. Er war genauso angespannt wie ich. Was wollte der Bastard? Sich nach Nika erkundigen sicher nicht.

»Sofort wieder an die Geschäfte, so kenne ich dich. Pass auf, ich dachte mir, dass ich meine Dinge jetzt auch in Kuba regeln könnte. Du weißt schon, jetzt wo wir quasi Familie sind.«

Ich schnaubte. »Dir ist schon klar, dass Kuba nicht amerikanischer Boden ist.«

»Und dennoch regierst du dort«, antwortete Micael mir scharf. Ah! Da hatten wir es doch! Er war scharf auf Kuba. Schon vor der Hochzeit hatte er versucht, dort zu schmuggeln.

»Kuba ist nicht vertraglich geregelt. Wir sprachen von den Staaten, Micael. Nur davon!«

»Du kannst doch sicher eine Ausnahme machen, Schwiegersohn.«

»Natürlich könnte ich das. Werde es aber nicht machen!«

Eine lange Pause entstand, dann hörte ich, wie er schwer nach Luft rang.

»Ganz der Wood. Wie immer. Pass nur auf, dass dir der Name nicht bald zum Problem wird.«

Dann legte er auf und ließ mich mit einem sehr komischen Gefühl zurück.

»Was wollte er?«, fragte Charlie nervös. So reagierte er immer, wenn es um Micael ging. Zu viele hatten bereits wegen des Krieges zwischen den Clans ihr Leben lassen müssen. Dass Charlie sich allerdings mit Nika verstand, empfand ich als großen Vertrauensbonus seinerseits.

»Er wollte etwas, dass ihm nicht zusteht«, antwortete ich gedankenverloren. Das mulmige Gefühl verstärkte sich. »Wo ist Nika?«

»Mit JJ in der Stadt.«

Natürlich. Ich wollte es ja so. Aber das war vorher. Mir kamen Nikas Worte wieder in den Sinn.

»Du hast bekommen, was du wolltest. Mein Dad spielt den Waffenstillstand nur vor und du darfst dich mein Ehemann schimpfen. Mehr bekommst du von mir nicht!«

»Wir müssen sie finden. Sofort!«

 NIKA

Der Kaffee in diesem kleinen Café in der Seitenstraße schmeckte köstlich. JJ hatte den Laden empfohlen und jetzt saßen wir draußen auf der fast leeren Terrasse und genossen das schöne Wetter. Obwohl wir uns mitten in Manhattan befanden, war kaum etwas los hier und das gefiel mir. Denn Ruhe war nicht übel, wenn man über einen Mafiatypen nachdachte, der total am Rad drehte.

»Mmh … ich liebe den Kaffee hier«, flötete JJ und stellte die Kaffeetasse hin. Wir waren jetzt seit einer Stunde unterwegs und dennoch hatten wir beide noch nichts gekauft. Ich hatte eh keine Lust shoppen zu gehen, aber für JJ war das praktisch ein völlig untypisches Verhalten. Ich starrte eine ganze Weile auf die College-Broschüre, die ich vorhin an diesem Infostand in die Hand bekommen hatte.

»Schmeckt er dir nicht?«

»Doch, klar«, antwortete ich und versuchte zu lächeln, nachdem ich die Broschüre in meine Tasche gesteckt hatte.

»Ihr zwei habt euch wieder ziemlich in die Haare bekommen. Worum ging es diesmal?«

Ich wehrte sie ab, indem ich die Hand beiläufig hob.

»Verstehe. Du willst nicht darüber reden.«

»Du redest doch auch nicht«, konterte ich leicht genervt.

»Worüber sollte ich denn nicht reden wollen?«, schnaubte sie und nahm noch einmal einen Schluck. Dann blickte sie auf ihr Handy und schien die Uhrzeit zu checken. Ich nahm an, das war als Ablenkung gedacht.

»Na, was du vorher getan hast. Warum du zu Darryl gegangen bist? Ich weiß so gut wie nichts über dich.«

»Ach, das sind alte Geschichten!« Jetzt gestikulierte sie abwehrend mit ihren Händen herum. Lang schaute ich sie an, bis sie meinen Blick erwiderte.

»Du gibst nicht auf, oder? Also gut. Ich war jung, dumm und brauchte das Geld. Ja, ich hab das Klischee bestens bedient. Ich war abgerutscht, man half mir hoch, aber irgendwie ... na ja, du kennst das ja. Nichts ist für umsonst. Dann bin ich bei Darryl gelandet. Ende der Geschichte. Wobei, dann lernte ich da seine Frau kennen. Kratzbürstig hoch zehn. Und sie gibt mir eine neue Chance. Vielleicht komm ich bald aus diesem Teufelskreis raus. Es wäre schön.« Sie lächelte und sorgte dafür, dass ich mich wirklich besser fühlte. Sie sprach von mir ... Ich hatte ihr geholfen. Auch wenn ich gar nicht wusste, wie.

»Und was ist mit Charlie?«, fragte ich sie vorsichtig. Ihre Wangen färbten sich rot. Wow, dass sie so aus der Reserve gelockt werden konnte, hätte ich nie gedacht.

»Ich weiß nicht, wovon du sprichst!«

»Ach, komm! Jeder checkt doch, wie ihr euch anseht!«

Sie zuckte mit der Schulter und spielte mit der Kaffeetasse herum. »Frag mich was Leichteres. Es ist schwierig, wenn der Mann seinen Job so verdammt ernst nimmt. Aber ... ich denke, wir finden bald eine Lösung.«

»Das hört sich doch gut an!«

Plötzlich vibrierte ihr Handy. Schnell griff sie danach und schien in Gedanken versunken. Ihre Miene verdüsterte sich zunehmend.

»Alles in Ordnung?«

Plötzlich spürte ich die Vibration meines Handys in meiner Tasche. Ich zog es aus der Tasche und da war schon wieder aufgelegt worden. In der Anruferliste las ich gerade zehn Anrufe in Abwesenheit. Alle von Darryl. Das Handy hatte ich gar nicht klingen gehört.

»Gib mir das Handy, Nika.«

Ich schaute hoch. JJ stand vor mir und wartete darauf, dass ich ihr mein Handy geben würde. Was war denn jetzt los?

Plötzlich parkte einen Meter von uns entfernt ein großer Van. Nein, ich korrigierte mich. Der Motor lief noch, als die Seitentür aufgeschoben wurde und ein Mann im Anzug herauskam. *Vladimir?*

Meine Augen wurden riesig, als mir klar wurde, dass das Daddys Handlanger war.

»Was zum Teufel, soll ...« Vladimir hatte mich grob an den Händen gepackt und wollte mich über seine Schulter werfen, aber ich reagierte schneller und trat ihm in die Weichteile. Er jaulte wie ein geprügelter Hund auf und ließ mich für einen kurzen Moment los, als eine kleinere Faust mich ins Gesicht traf. *JJ's Faust, war mein letzter Gedanke, bevor ich ohnmächtig wurde.*

 DARRYL

Ich setzte mich in den SUV und Charlie gab sofort Gas. Dann wählte ich die einzige Nummer, dessen Besitzer mir bei dieser Sache helfen würde. Scott.

Er war der einzige Computernerd, der praktisch mit einem Klicken die ganze Welt wieder ins Mittelalter schicken konnte. Seit einigen Jahren war er mein IT-Spezialist für heikle Fragen und auch ein guter Freund geworden. Da Scott so seine Macken hatte, sahen wir uns nicht oft, sondern telefonierten nur. Für ihn sicherer, für mich ging es so schneller.

Beim dritten Klingeln ging er ran. Auch das änderte sich nicht.

»Scott, ich bin's.«

»Ach was!« Wie so oft war das nicht mal witzig gemeint. Er stellte es einfach fest.

»Du musst für mich Nikas Handy orten. Sie geht nicht an ihr verfluchtes Handy ran und ich denke, sie steckt in Schwierigkeiten.«

Man hörte nur wenige Sekunden das Tippen der Tastatur.

»Main Street 2642.« Und wo befanden wir uns gerade? »Ihr müsst rechts, drei Blocks weiter und dann noch mal rechts. Ihr Aufenthaltsort ist ein Café«, sprach Scott weiter, als hätte ich ihn wirklich gefragt, wohin wir fahren mussten. Aber so war er. Schnell und effizient. Ich gab die Anweisungen an Charlie weiter, der wie ein Bekloppter durch die Straßen raste.

»Danke dir.«

»Sonst noch was?« Scott reagierte selten auf die Höflichkeitsfloskeln, und dennoch wusste ich, dass er unsere Freundschaft auf seine Art mochte. Welcher Kerl hätte mich denn sonst vor einigen Jahren angerufen, um mir zu sagen, dass meine Firewall der größte Scheiß war und ich mir gefälligst etwas Besseres zulegen sollte. Keine Ahnung, warum er mich darauf hinwies. Er hätte mir einfach meinen ganzen Besitz nehmen, die Konten leeren und mich mit nichts sitzen lassen können. Aber er tat es nicht. Er half. Weil Scott eben so war, und das rechnete ich ihm in Zeiten von Trump und Co. sehr hoch an.

»Orte für mich Micael Vulkovas Handy. Wenn das Probleme bereiten sollte, auch sein Auto, seine Nutten, was auch immer du hast. Ich will wissen, wo er steckt.«

Dann legte ich auf, weil Charlie verkündete, dass wir nur noch ein Block entfernt waren. Ich versuchte mein Glück noch mal bei Nika, aber sie ging einfach nicht ran.

»Da ist es.«

Wir hielten an, sprangen wortwörtlich aus dem Auto, als wir den Van zehn Meter entfernt von uns erblickten.

Fuck!

Sie kämpfte. Nika kämpfte mit allem, was sie an Kräften besaß, als dieser Kerl sie packen wollte. Aber dann sackte sie plötzlich in sich zusammen und verschwand samt Wichser in dem Van.

»Shit! Nika!«, schrie ich und zog meine Waffe aus der Gürtelschnalle.

Dann erblickte ich plötzlich JJ, die böse grinste und tatsächlich schoss. Auf mich!

Mein Körper wurde zu Boden gedrückt, der Schmerz explodierte in meiner Schulter.

»Boss!«

Charlie hatte mich gestützt, nachdem er selbst noch ein paar Schüsse abgefeuert hatte, aber es war aussichtslos. Der Van fuhr los, nachdem auch JJ eingestiegen war.

»Wir müssen hinterher«, stöhnte ich und fühlte das Blut, dass aus meinem Körper floss.

»Erst einmal müssen wir dich hier wegbringen. Es ist ein glatter Durchschuss. Wir nähen das, schauen ob es innere Verletzungen gibt und …«

»Wir müssen Nika finden!«

Er half mir hoch, dann ließ ich von ihm ab. Ich konnte doch wohl selber stehen!

»Du verlierst zu viel Blut. Erst nähen lassen, Boss. Sonst bringt das Ganze nichts.«

Zähneknirschend gab ich ihm recht. Tot konnte ich Nika nicht zurückholen!

Nika … Ich bin wirklich zu spät gekommen!

Auf dem Weg nach Hause driftete ich immer wieder ab. Mal dachte ich, Nika würde neben mir sitzen und mich anlächeln, dann sah ich Mom, die mir Mut zusprach. Ein Trip auf Speed war ein Scheiß dagegen.

»Oh großer Gott, was ist passiert?« Rosa kam herausgerannt, genauso wie Andie und ein paar andere. Charlie half mir geradeaus zu gehen, dann schrie er herum, was alles benötigt wurde.

Sie setzten mich auf der Ledercouch in meinem Arbeitszimmer ab, während der Schmerz langsam einem tauben Gefühl wich.

»Andie! Ruf Scott an, er soll mir sofort alle Aufenthaltsorte von Micael und seinen Anhängern geben«, befahl ich, und Andie verschwand nickend aus dem Zimmer. Charlie half Rosa die Wasserschüssel, das Desinfektionszeug und den anderen Kram herzubringen.

»Was ist mit den Mädchen? Geht es den beiden gut?«, fragte Rosa, während sie sich meine Verletzung anschaute.

Sie schnitt mein Hemd auf und verteilte Desinfektionszeug. Ich biss mir auf die Zunge, um nicht aufzuschreien.

»JJ scheint es hervorragend zu gehen«, antwortete ich wütend. Charlies Blick sprach Bände. Er war genauso angepisst, aber vielleicht war das auch nur gespielt. Dass die beiden seit geraumer Zeit miteinander vögelten, war kein Geheimnis. Warum sollte er nicht auch mit drinstecken? Shit, Charlie war mein längster und loyalster Mitarbeiter. Er würde sowas nicht tun, oder?

»Deinem Blick nach zu urteilen, steckt sie mit drin«, schlussfolgerte Rosa und konzentrierte sich ganz auf die Wunde. »Und wenn wir nicht mal Zeit für unseren Hausarzt haben, dann ist es ernst.« Ihr missbilligender Ton interessierte mich gerade wenig.

»Sei still und nähe, Rosa. Ich hab keine Zeit!«

NIKA

Das Erste, was ich spürte war, dass mein Körper sich so merkwürdig anfühlte. Meine Arme taten so verdammt weh und mein Kopf erst. Wie der brummte ...

Meine Lider öffneten sich leicht und mir fielen die knapp sechs Meter auf, die unter mir waren. Meine Hände waren mit einer Kette gefesselt und ich baumelte an ihnen von der Decke. Unter mir ein Loch, so groß und tief, dass ich sicherlich nicht mehr aufwachen würde, wenn ich fallen würde.

»Ich hoffe, du hast keine Höhenangst«, spottete die Stimme, die mir sehr bekannt vorkam. JJ. Dieses Miststück stand mit Vladimir und noch ein paar Lakaien meines Vaters unter mir, und schien einen riesigen Spaß daran zu haben, mich hier baumeln zu lassen.

»Und ich hoffe, du kannst mit deinem Verrat leben, du ...«

»Ich schlafe sehr gut. Danke«, lächelte sie zuckersüß. Schlampe!

So unauffällig wie möglich sah ich mich um. Eine alte Fabrik. Jahre nicht mehr in Betrieb. Wo zum Teufel hatten sie mich hingebracht?

»Bis Darryl dir die Lichter auspustet«, konterte ich und JJ's Fassade bröckelte. Aber nur für Sekunden, dann lächelte sie wieder. So wie ich sie kennengelernt hatte. Wie dumm ich war. Wie naiv.

»Was wird das jetzt hier? Lösegeld von meinem Dad abzweigen? Oder von Darryl?«

JJ blickte lachend zu Vladimir, der stur seinen Blick geradeaus richtete.

»Sie glaubt wirklich, wir beide hätten uns zusammengetan. Nein, meine süße Nika. Wir arbeiten alle für den gleichen Mann.«

Es wäre auch zu schön gewesen. Die letzte Hoffnung, dass mein Dad nichts damit zu tun hatte, schwand gerade ins Bodenlose.

Dass meine Armgelenke bis zum Zerreißen gespannt waren, kotzte mich immer mehr an. Diese verdammten Schmerzen ...

Wie zum Teufel sollte ich hier wieder rauskommen? So wie ich die Situation einschätzte, waren sich hier alle sicher, dass ich die Halle eh nicht mehr lebend verlassen würde. Wieso sonst dieser Aufwand?

»Was ist mit Charlie? Ich dachte, er bedeutet dir etwas?«, versuchte ich aus ihr herauszukitzeln. Sofort sprang sie darauf an. JJ wurde stinkwütend.

»Lass ihn da raus!«

»Aber, aber, meine Damen«, ertönte die Stimme meines Vaters und er kam in die Halle gelaufen. Langsam, weil sein rechtes Bein nicht mehr so wollte wie er. Er versuchte es zu verstecken. Ich wusste die Wahrheit. Neben ihm liefen ein paar bekannte Gesichter, aber nicht Igor. Ich war erleichtert. Er machte bei diesem Wahnsinn nicht mit.

»Gute Arbeit«, lobte er JJ, die einfach nur nickte.

»Gute Arbeit? Ich bin deine Tochter!«, schrie ich ihn an.

»Du *warst* meine Tochter. Mittlerweile nennst du dich eine Wood.«

Ich schnaubte. »Falls du mal wieder was vergessen haben solltest ...«, Dads Miene wurde finster, weil ich seine Gedächtnislücken erwähnte, »... ich wurde zu dieser Ehe gezwungen!«

»Soweit mich meine Informationen nicht täuschen, trägst du diesen Nachnamen alles andere als unfreiwillig.«

Natürlich. JJ hatte ihm klitzeklein erzählt, was zwischen uns vorging. Der perfekte Spitzel. Und niemand hatte nur den kleinsten Verdacht geschöpft.

»Was war denn dein Plan? Dass ich heirate, damit du mich entführen kannst? Ich verstehe die Logik dahinter nicht!« Und dann ... ganz plötzlich wurde es mir klar. Ich war seine Tochter und mit Darryl Wood verheiratet. Wenn mir etwas zustoßen würde, dann ...

»Wie ich sehe, kommt dein kluges Köpfchen selbst darauf«, lächelte mein Vater. »Sie werden alle denken, dass er es war. Wieso sollte auch ihr eigener Vater seine Tochter töten? So was ergäbe doch gar keinen Sinn.«

Niemand rührte sich, als Micael grinste. »Natürlich würde ich das nicht auf mir sitzen lassen. Dein Mörder muss bestraft werden. In deinem Fall würde natürlich nur dein verhasster Ehemann in Frage kommen.«

»Das ist doch Wahnsinn!«

»Nun, JJ hat die ganze Zeit im Haus gelebt. Selbst nachdem du die anderen Frauen rausgeworfen hast. So sollte es laufen. Deine beste Freundin weiß natürlich am besten, wie wenig du mit einem Wood verheiratet sein wolltest. Ihr Wort zählt. Was glaubst du, wie viele von seinen Leuten an ihm zweifeln werden, wenn sie von deinem Tod hören? Es werden genug sein, und dann bekomme ich auch seine Gebiete!«

»Das alles für mehr Macht? Hast du denn noch immer nicht genug?«

Natürlich nicht. Das hatte er nie. Micael Vulkova hatte von allem viel, aber in seinen Augen nie genug!

»Ich spielte mit dem Gedanken, es wirklich auf diesen Friedensvertrag anzulegen, aber dein werter Ehemann war nicht mal darauf aus, mir die Route nach Kuba aufzumachen.«

»Ich bin deine einzige Tochter, Dad!«

»Und du machst nur Ärger! Dein Drang selbst zu bestimmen, selbst zu handeln, hat uns nur in Schwierigkeiten gebracht.«

Meinte er etwa meine Pubertät? Oder die wenigen Male, in denen er mich aus dem Haus schleichen sah? Das gab ihm Grund genug, mich loszuwerden?

»Ich wusste, was Igor da mit dir machte. Das heimliche Training, die Lügen, wenn du das Haus verlässt. Meinst du, das wäre ewig so weitergegangen?«

Natürlich nicht. Aber man durfte doch wenigstens mal an der Freiheit riechen, wenn man sie nicht ergreifen durfte!

»Wo ist Igor?«

»Verscharrt im Gebirge!«

Entsetzt starrte ich ihn an. Den Mann, der mich wirklich gezeugt haben sollte.

»Was glaubst du, wie vertrauenswürdig so ein Mann noch ist? Richtig. Gar nicht.«

Die Tränen wollten einfach raus, aber ich riss mich zusammen. Eine kleine Stimme in meinem Kopf hatte mir immer wieder gesagt, dass das eine Möglichkeit war. Warum sollte Igor sonst nicht an sein Handy gehen? Aber die Wahrheit jetzt zu hören, tat weh, so verdammt weh.

»Du wirst für das, was du getan hast, in der Hölle schmoren«, spie ich wütend aus.

Mein Vater lachte, während JJ auch grinste.

»Und du dummes Miststück genauso! Was glaubst du, was dir passieren wird? Ihr tötet mich und was dann? Es wird nicht vorbei sein. Darryl macht keine halben Sachen und wenn er rausfindet, was du getan hast, JJ, wirst du dir wünschen, diese Sache niemals durchgezogen zu haben!«

»Du hast doch keine Ahnung!«, schrie sie mir mit brüchiger Stimme entgegen.

»Wenn man tagein, tagaus nicht weiß, wie man den nächsten Tag überlebt. Ich hatte nichts. Weißt du, wie es ist auf der Straße zu leben? Dein Vater weiß, wie man gute Geschäfte macht. Wenn ich erst mal genug Kohle habe, dann können Charlie und ich …«

Sie tat so, als hätte sie bei Darryl ein schlechtes Leben. Pah. Die dumme Kuh war einfach geldgeil, wie alle von Dads Lakaien.

»Ich schwöre dir, ich werde …« Ich hampelte wie eine Gummipuppe herum und sorgte so nur dafür, dass ich hin- und herschwang.

Einige Männer lachten tatsächlich und andere versuchten wirklich, unter mein Kleid zu gaffen. Widerlich! Gott sei Dank befand sich unter mir dieses Loch … so konnten sie nicht viel sehen. *Bin ich jetzt wirklich froh, dass ich einen sechs Meter tiefen Abgrund unter mir habe?*

Dann plötzlich sah ich ihn. Neben Andie, Lawrence und wie seine Männer alle hießen. Er stand hinter meinen Vater, der ihn auch bemerkte. Vladimir zielte sofort auf mich, als er das mitbekam.

»Darryl. Mit dir habe ich nicht so schnell gerechnet«, begrüßte Dad ihn lächelnd.

»Hätte ich lieber warten sollen?«

Er sah blass aus. Warum sah Darryl so blass aus? Nicht mal eine Waffe trug er. Nur seine Männer. Dennoch blickte er meinen Vater stur und kühl an.

»Nun, da du der Mörder meiner Tochter bist, solltest du schon in der Nähe des Tatortes sein. Also komm ruhig näher.«

Das war doch völlig verrückt!

»Nicht, Darryl«, rief ich und konnte nicht fassen, dass er so dumm war sich hierher zubewegen. Er ignorierte mich und blickte sich um.

Darryl fixierte JJ, die eine Waffe auf ihn richtete. Sie wusste, was das alles für sie bedeutete. Auch wenn ich starb, Dads Plan aufging, sie würde sterben. Verrat war das Schlimmste bei der Mafia.

»Du glaubst also wirklich, dass du mit dieser ganzen Scharade dafür sorgen kannst, meinen Platz einzunehmen?« Wieder sah er sich um. Was tat er da? Zählte er die Männer? Ja, das musste es sein.

»Du da!«, sprach Darryl, während Andie und die anderen Männer hochkonzentriert wirkten. Er zeigte auf den Kerl, der mir unter das Kleid gestarrt hatte.

»Niemand starrt meiner Frau unter den Rock!«

Auf einmal bemerkte ich eine Bewegung unter mir. Ich blickte in das Loch und erkannte Charlie. Er blickte zu mir hoch und machte mit dem Finger eine Geste über den Mund, die mir signalisierte, ich solle still sein. Ich wäre dumm, wenn ich das nicht täte.

Eine Ablenkung musste her ... so langsam verstand ich, was Darryl hier plante.

»Ach hör auf, meine Ehre verteidigen zu wollen, Darryl. Sonst interessiert dich das auch nicht! Und ich trage ein Kleid. Aber war ja klar, dass du nicht mal bemerkst, was ich für dich anziehe«, begann ich die Show.

Er sah hoch und unsere Blicke begegneten sich. Ich konnte praktisch fühlen, wie er mich mit seinen stechenden Augen musterte. Ich war okay, das wusste er. Auch wenn meine unbequeme Lage mit den überstreckten Armen langsam richtig wehtat.

»Du weißt, dass mir der Gutmensch nie begegnet ist. Also erwarte nicht von mir, dass ich darauf achte, was du trägst.«, antwortete Darryl mir.

Ich schnaubte. »Ja, jetzt kommen wir wieder zu Darryl Woods Selbstmitleids-Talkshow. Falls ihr teilnehmen wollt, setzt euch. Das könnte etwas dauern!«

»Ich habe dir mehrmals gesagt, dass ich weit davon entfernt bin, deinen Vorstellungen zu entsprechen«, feuerte er zurück und so langsam beschlich mich das Gefühl, dass das hier nicht alles nur als Ablenkungsmanöver galt.

»Ich habe keine Vorstellungen, du Hornochse! Das einzige Problem, dass ich mit dir habe, ist, dass du dir viel zu lange den Scheiß von wegen »Ich bin ja soo ein Monster und keiner versteht mich« eingeredet hast. Aber gut, ich werde dir deine Verfehlungen verzeihen«, gab ich großmütig von mir und das brachte ihn völlig aus dem Konzept.

»Mir verzeihen?«

»Das reicht jetzt!«, rief mein Vater.

»Richtig«, gab Darryl von sich, riss sich die Waffe aus dem Gürtel und schoss meine Kette durch.

Zitternd schloss ich die Augen und der Schrei blieb mir im Halse stecken, als ich fiel.

Wehe, er hält mich nicht, wehe, er hält mich nicht, wehe, er ...

Charlie hatte mich tatsächlich aufgefangen.

»Du kannst die Augen jetzt öffnen«, sagte er belustigt von meiner Reaktion. Ja, sollte er mal sechs Meter in die Tiefe fallen.

Die Schüsse, die Rufe und die Töne eines Kampfes zwischen zwei Mafiaclans waren nicht zu überhören.

»Darryl!«, rief ich meinen Gedanken aus. »Wir müssen sofort da hoch!«

Ich entknotete meine Hände und ließ die Kette zu Boden fallen. Als ich wieder auf meinen eigenen Füßen stand, brauchte ich erst einen Moment, um wieder fest stehen zu können.

»Du? Auf keinen Fall. Ich werd gehen, du wirst dich in Sicherheit bringen.«

»Natürlich, großer weißer Mann. Gleich sagst du mir noch, ich soll nach Hause und schon mal Kaffee kochen. Falls du es vergessen hast, auch ich habe noch ein paar Rechnungen offen!«

Charlie seufzte so gequält, da wusste ich schon, ich hatte gewonnen. Er reichte mir seine zweite Waffe.

Die Treppe war nur wenige Meter entfernt. Charlie ging vor, ich humpelte irgendwie hinterher. Ich wusste nicht, wie lange ich da in der Luft gehangen hatte, aber meinem Kreislauf gefiel das nicht so richtig.

Seine Statur wirkte angespannt, als er langsam in der oberen Etage ankam, dann jedoch wirkte er fast erleichtert. Die Geräusche waren auch verschwunden. *Oh Gott, was ist da passiert?*

Die letzten Stufen nahm ich schneller, als ich meinen Vater kniend auf dem Boden sah. JJ stand noch und zielte auf Darryl. Vladimir und die anderen seiner Männer legten langsam die Waffen nieder.

»JJ, willst du noch einen Fehler machen? Nimm die Waffe runter!«, sagte Darryl mit ruhiger Stimme. Sein Blick fiel kurz auf mich.

Mir geht es gut, wie geht es dir? Das würde ich ihn gerne fragen ... aber soweit ich das sehen konnte, war er einfach nur blass ...

»Nimm du sie runter, bevor du noch umkippst!«, fauchte sie und ich fragte mich sofort, was sie meinte?

Darryls Miene verzog sich zu einem Grinsen. Einem unheimlichen Grinsen.

»Glaubst du wirklich, du kannst mich im Alleingang besiegen? Es wird so laufen. Du wirst schneller eine Kugel in den Kopf bekommen, als du blinzeln kannst. Versuch ruhig dein Glück. Ein Schuss hat nicht gereicht, mich zu erledigen, ein zweiter kümmert mich da auch nicht!«, sagte Darryl.

Er entsicherte seine Waffe und mein Vater konnte genau in seinen Lauf schauen.

»JJ«, brummte Dad aufgeregt.

»Ihr werdet mich töten. So oder so«, fauchte JJ und begann zu zittern. Das war eine der beunruhigsten Momente. Eine ängstliche Schützin war immer eine gefährliche Schützin. Igors Worte ... mit Wehmut dachte ich an ihn zurück.

»Das werde nicht ich entscheiden«, verkündete Darryl und blickte mich an. »Meine Frau wird das tun!«

Ich?

JJ schnaubte.

»Babe, was soll mit ihr passieren?«

»Ich ...«

Charlie blickte mich so zornerfüllt an, dass ich die Antwort bereits wusste.

»Charlie soll sich um sie kümmern.«

JJ war so geschockt, dass sie die Waffe herunternahm. Sofort stand Andie bereit, nahm ihr die Waffe ab und drückte sie auch auf die Knie.

Lange blickte Charlie mich an. Als würde er abwägen, ob ich das ernst meinte. Aber ich vertraute ihm. Charlie war loyal. Das hatte er mehrmals bewiesen. Und er sorgte mittlerweile dafür, dass ich mich nicht mehr außen vor fühlte. Wer, wenn nicht Charlie, dürfte die Chance haben, sich an JJ zu rächen? Dass er enttäuscht und wütend war, konnte man ihm ansehen!

Nach einigen Momenten nickte er kühl. Als wüsste er genau, was wir von ihm erwarteten, und was er tun durfte.

»Das ist doch ein schlechter Witz«, lachte JJ laut auf und fühlte sich verdammt siegessicher.

Charlie lief zu ihr, legte ihr Handschellen an und zog sie auf die Füße.

»Liebling«, seufzte sie erleichtert auf, doch schon drückte er sie von sich weg, und ihre Überraschung darüber war ihr anzusehen. »Charlie?«

Ohne sie anzusehen, führte er sie mit ein paar Männern hinaus.

Ich schaute zu Darryl. Was würde er wohl mit ihr anstellen? Darryls Blick gab mir die Antwort. Das willst du nicht wissen, sagten seine Augen.

»Jetzt zu dir, Micael.«

»Töte mich. Mir ist das egal!«

Dad hob noch etwas mehr das Kinn, als würde er etwas Ehrenvolles tun. Unfassbar!

»Es gibt zwei Arten von Männer, die das sagen. Die eine meint das ernst. Dazu gehörst du nicht«, erklärte Darryl und gab ihm damit recht. »Ich denke, ich werde dir hier ein paar Jahre Knast verschaffen. Es werden eher Jahrzehnte, aber da wirst du gut aufgehoben sein!«

Dad schnaubte. »Ich werde niemals im Knast landen!«

»Im Westen vielleicht nicht. Aber hier gehören mir die Gefängnisse!«

Man konnte die Angst und die Panik in Dads Augen ablesen. Er versuchte es zu verstecken, es gelang ihm aber nicht.

»Was hättest du für Beweise?«

»Der Van, der vor der Tür steht, und die zig Zeugen, die diesen vor dem Café gesehen haben. Sicher ist er auf deinen Namen angemeldet. Und wenn JJ noch in einem Stück sein sollte, wird sie singen wie ein Vogel. Entführung und versuchter Mord an meiner Ehefrau. Wie lange wirst du dafür kriegen?«

Dads Kiefer mahlte vor unterdrückter Wut.

»Ich kenne da so einige Jungs ... die werden sich freuen, wenn du sie in den Duschzeiten besuchen kommst. Legt ihm Handschellen an, bis die Bullen kommen.«

Andie tat, was Darryl befahl. Dann drehte Darryl sich um, und schien sich nach jemanden umzusehen.

Er zielte auf den Kerl, der mir unter das Kleid gesehen hatte und schoss ihn an.

»Du weißt schon, für was das war«, sprach er und kam langsam auf mich zu.

Ich starrte den Mann an, der sich vor Schmerzen auf dem Boden krümmte.

Also ... ein Psychologe würde das vielleicht als bedenklich einstufen, aber ich fand das gerade wirklich heiß.

»Nika, bitte. Du bist meine Tochter!«, flehte mich Dad an. Darryl wandte sich auf halben Wege um und ging wieder auf ihn zu.

»Rede nicht mir ihr! Sieh sie nie wieder an!«

»Du Bastard hast sie gegen mich aufgebracht!«, schrie mein Vater.

Er hatte wirklich den Verstand verloren! Dad hatte mich doch entführt und wollte mich umbringen. »Ein Wood und eine Vulkova? Niemals!«

Andie hielt meinen Vater zwar noch fest, aber Darryl griff sich seinen Kragen.

»Du Bastard von einem Hurensohn hast doch nicht mal eine Ahnung, wer deine Tochter ist. Du hast sie eingesperrt, sie unterdrückt, aber nicht mal das hast du hinbekommen. Denn im Gegensatz zu dir hat sie ein Herz. Nika ist klug, aufopferungsvoll und hat die Welt verdient. Keinen Daddy, der nicht mal weiß, was für einen Schatz er vor sich hat. Du bist eine Schande für die Russen. Eine Schande für deine Tochter!«

Mir blieb die Spucke weg. Noch niemand hatte so mit meinem Vater geredet und niemand hatte dabei so wunderschöne Worte für mich übrig.

»Sie ist allein wegen dir geschändet«, spuckte Dad wütend aus und ich zuckte erschrocken zusammen.

»Babe?«, rief Darryl mich plötzlich, ohne meinen Vater loszulassen.

»Ja?«

»Geh bitte raus!«

»Warum?«, stotterte ich, kannte die Antwort aber bereits. Das würde Darryl nicht auf sich sitzen lassen. Und ich verstand ihn da. Also ging ich raus, und als ich die ersten Schritte aus dem Notausgang ging, hörte ich zwei Schüsse. Ich zuckte nicht zusammen. Ich ... spürte die Genugtuung, als ich mir über die verkrusteten Striemen an meinem Handgelenk fuhr.

Ich stieg in irgendeinen SUV, der zu uns gehörte und wartete. Es fühlte sich wie eine Ewigkeit an, als er endlich herauskam. Nur er allein. Sonst niemand. Ohne zu zögern lief er auf mich zu. Eigentlich hatte ich erwartet, ihn blutüberströmt wiederzusehen, oder mit der Waffe in der Hand, außer Atem und immer noch höchst angespannt, aber als er sich neben mich setzte, war nur die Sorge in seinem Blick zu sehen.

»Alles klar?«

»Ist er ...?«

Lange blickte er mich an. Als würde er wirklich Zeit brauchen, um die Antwort geben zu können.

»Nein, er wird nur eine sehr lange Zeit nicht mehr ... Wie geht es dir?«

Als wollte er sich versichern, griff er nach meinen Händen und begutachtete meine Striemen, die die Ketten verursacht hatten.

»Ich weiß nicht, was ich getan hätte, wenn er dich ... wobei, das wäre gelogen. Ich hätte jedem in dieser Halle das Licht ausgepustet. Ohne dich, Nika ...« Er hob den Blick und mir stockte der Atem. So viele

Gefühle hatte ich noch nie in seinen Augen gesehen. Jetzt wirkte sein Blick weder dunkel noch bedrohlich.

»Ich wusste schon, dass du mir den Kopf verdreht hast. Du weckst Dinge in mir, die ich schon lange nicht mehr zugelassen habe. Jetzt, da ich dich hätte wirklich verlieren können, da ... ohne dich funktioniere ich nicht.«

Er legte mir hier gerade seine Seele offen. So viel stand fest. Und ich wäre eine Idiotin, würde ich das nicht zu schätzen wissen und erwidern. Denn mir ging es doch genauso.

»Ich liebe dich auch, Darryl.«

Er starrte mich mit weit aufgerissenen Augen an, als hätte ich jetzt den Verstand verloren.

»Aber wie kannst du das?«

Er mag Anführer der Woods sein, dennoch hörte er sich gerade wie ein Teenager an, der bei dem Thema total überfordert zu sein schien.

Ich berührte seine Wange und er schmiegte sich in diese. »Weil du alles andere als der böse, brutale Darryl Wood bist. Nicht bei mir.«

»Oh Fuck, Babe ... Und ich dachte, du bist wütend, weil ich deinem Dad die Eier weggeschossen habe«, erzählte er und drückte seine schönen weichen Lippen auf meine.

»Seine Eier?«, fragte ich ihn belustigt, nachdem ich mich vom Kuss gelöst habe.

Darryl blies sich seine Wangen auf und das sah urkomisch aus.

»Du hast mich gerächt, Darryl. Meinetwillen. Das hat noch keiner für mich getan!«

Er schmunzelte, als er wieder auf meine Lippen schaute. Dann biss er sich schmerzverzerrt auf seine Lippe.

»Fuck. Ich schwöre dir, nach ein paar Schmerztabletten darfst du machen, was du willst. Aber vorher …«

»Was ist los?«, fragte ich besorgt und Darryl machte eine Bewegung mit dem Kopf.

»Meine Schulter hat es erwischt.«

»Was?« Ich kreischte und fummelte an seinem Hemd herum, aber da stieg schon Andie ein.

»Alles erledigt, Boss. Charlie hat Bescheid gegeben. Er wird nächste Woche zurück sein.«

Darryl setzte sich wieder richtig hin, hielt mich aber im Arm. Besorgt musterte ich ihn, aber da hatte er schon wieder sein Mafia-Gesicht aufgesetzt. *Ja, das kann er wirklich!*

»Gut. Fahren wir.«

Weil Darryl stur geradeaus sah, sprach ich seine Wunde nicht mehr an. Mittlerweile wusste ich, dass er vor allen anderen ungern Schwächen zeigte.

»Charlie wird eine Woche wegbleiben? Was wird er mit JJ machen?«

»Das, was Verräter verdienen.«

»Warum hat sie das nur getan? Ich dachte, sie …«

»Ich kenne viele dieser Menschen. Sie sehen das schnelle Geld, offensichtlich war sie verknallt in Charlie und hoffte auf … ach, keine Ahnung, Darling. Denk da nicht weiter drüber nach. In unserem Geschäft wird es immer wieder Menschen geben, die versuchen sich zu bereichern.« Da war er wieder. Sanft strich er mir eine Strähne aus dem Gesicht. Er lächelte mich an, als ich auf seine Lippen schaute. Das passierte mittlerweile automatisch. »Wichtig ist, dass dir nichts passiert ist.«

Ich drückte mich enger an ihn und er ließ es zu. Es fühlte sich so gut an, bei ihm zu sein und zu wissen, dass er genauso empfand wie ich. Dennoch verletzte es mich, dass ausgerechnet JJ es war, die uns alle getäuscht hatte. Dann schlief ich ein ...

Ich fühlte meine Bettdecke und die weiche Matratze. Es tat so gut, endlich wieder zu Hause zu sein.

Langsam öffnete ich die Lider und befand mich tatsächlich in meinem Zimmer. Mehr als Unterwäsche trug ich nicht, wie ich herausfand, nachdem ich unter die Decke schaute.

Meine Handgelenke waren bandagiert.

»Du bist wach.«

Er trug noch immer das Hemd. Darryl hatte es etwas aufgeknöpft. Seine Augen wirkten müde, sein Haar völlig zerzaust.

»Und du warst es anscheinend die ganze Zeit. Warum kommst du nicht ins Bett?«

Er saß im Sessel, mir direkt gegenüber, und hielt etwas in der Luft. Nach mehrmaligen Blinzeln erkannte ich die Collegebroschüre.

»Du willst studieren?«

Ich zuckte mit der Schulter. »Ein paar Grundkurse belegen. Das wäre eine Überlegung wert.«

Er nickte, runzelte dabei die Stirn und schien über etwas genau nachzudenken. »Willst du gehen? Du kannst gehen. Ich habe dir gesagt, dass du frei bist, Nika. Das gilt immer noch.«

»Was?« Vor Schreck setzte ich mich auf und verstand ihn nicht ganz.

»Wovon sprichst du?«

»Nika«, seufzte er genervt und fuhr sich durch sein Haar. »Niemand würde dir folgen, wenn du wirklich gehen willst. Micael hat jetzt andere Sorgen, als dich zu jagen. Du könntest alles tun, verstehst du das?« Eindringlich musterte er mich. Fast schon verzweifelt.

»Willst du mir gerade sagen, dass ich College und die Ehe nicht vereinbaren könnte?«

»Das ist doch Quatsch. Du bist eine tolle Ehefrau. Darum geht es doch gar nicht«, antwortete er barsch und stand auf, nur um hin- und herzulaufen. Er war nervös und wusste gar nicht, dass er dazu keinen Grund hatte.

»Die Welt steht dir offen, verstehst du das? Du ...«

»Ich will nirgendwohin, Darryl. Ich will bei dir sein.«

Er blieb stehen und blickte mich an. »Ich habe den gleichen Job wie dein Vater, Nika. Wir sind die Mafia.«

»Ja, das weiß ich. Danke. Aber ich habe dir schon mal gesagt, dass du nicht die guten Dinge siehst. Dieses Haus ist voller Leben und ich will ein Teil davon sein. Ein Teil von dir sein.«

Wir sahen uns lange an. »Bist du dir sicher?«

Ich lachte. »Oh ja, das bin ich.«

Dann grinste er. Ich liebte es, wenn er glücklich war.

»Keine Ahnung, was ich gemacht hätte, wenn du gegangen wärst«, sagte er dann.

»Vermutlich jemanden umgelegt«, antwortete ich scherzhaft, aber na ja, das wäre wirklich im Rahmen des Möglichen gewesen.

Darryl blickte mich weiterhin an, legte den Kopf etwas schief, und schien nachzudenken.

»Du denkst wirklich, dass ... du hier glücklich werden könntest.«

Es war wirklich kaum zu glauben, wie wenig Darryl sich selbst einschätzen konnte.

»Ich liebe dich, Darryl. Warum denkst du, dass ich es nicht schon längst bin?«

Die Fassungslosigkeit war ihm anzusehen. Vermutlich hatte ihm das noch niemand jemals gesagt.

Seine Mutter schon, kam mir der Gedanke. Sie hatte ihn geliebt, und er sie.

Seufzend schüttelte er den Kopf, als könnte er es nicht glauben. Nervös legte er seine Hände auf den Hüften ab und betrachtete mich wieder aufmerksam. Ich ließ mir nichts anmerken. Mein Herz schlug wie verrückt in meiner Brust. Was, wenn er mich nicht liebte? Was, wenn er mich mochte, aber halt nicht liebte? Dann hatte ich mich zum Deppen gemacht. Oh Gott ...

»Du weißt, wer ich bin, Nika. Ich morde, ich stehle, ich besteche. Wenn ich dieses Haus verlasse, bin ich nur ein Wood, der seinen Job macht.«

»Und wenn du hier bist, bist du einfach nur Darryl. Der Darryl, der seine Mutter vermisst und ... vermutlich gar nicht weiß, wie wichtig er allen anderen hier ist.«

Wir blickten uns an und er verzog keine Miene. Und dennoch konnte ich ihm ansehen, wie seine Züge weicher wurden.

»Scheiße, ich hab dich nicht verdient und dennoch bist du hier.«

Er kniete sich vor mein Bett, um meine Hände mit seinen zu verschränken.

Fasziniert beobachtete er unsere Hände und lächelte. Sein Gesichtsausdruck wirkte so süß.

»Es wird Zeiten geben, die hart werden. Wir werden streiten, du wirst schreien, ich werde dämliches

Zeug reden. Aber ich schwöre es dir, Mrs. Wood. Mit allem was ich habe, ich werde dafür sorgen, dass du es niemals bereust, hiergeblieben zu sein!«

»Das will ich doch hoffen, Mr. Wood«, lachte ich, als er mich wieder anschaute. Aufrichtig grinste er mich an.

»Wie hab ich das nur geschafft, dass du mich liebst? Ich versteh das nicht.«

Ich legte meine Hand auf seine raue Wange. »Weil ich hinter die Mauer geschaut habe ...«

Lang blickte er mich an, während unsere Gesichter nur wenige Zentimeter voneinander entfernt lagen.

»Du warst 18«, begann er plötzlich und ich verstand nur Bahnhof. Dennoch ließ ich seine Wange nicht los » ... als ich die Geschäfte meines Vaters übernommen hatte, wollte ich alles über Micael wissen. Auch über dich. Ich bekam Fotos. Damals warst du noch ein unschuldiges Kind. Kaum Teenager.

Ich sah dich nicht als Bedrohung an, also dauerte es weitere Jahre, bis ich wieder um Fotos von dir bat und ... da war es passiert. Einfach so. Ein einziges Bild.«

Er hatte sich über mich informiert. Gewundert hatte es mich nicht wirklich. So arbeiteten viele von der Mafia.

»Es war wie eine Droge. Wöchentlich bekam ich Fotos von dir. Ich musste dich einfach sehen. Irgendwie und ... das hörte nie auf, bis Micael mir den Deal vorschlug.«

Ich musste schlucken, weil mein Hals sich total trocken anfühlte. Sagen konnte ich sowieso nichts dazu.

»Du sagst, du liebst mich, weil du mich besser kennengelernt hast.« Er spielte mit meinen Fingern herum, wirkte sogar leicht verlegen. Dann blickte er auf, um mir dann das Entscheidende zu sagen. »Ohne es wirklich zu wissen, liebte ich dich schon viel länger ...«

Epilog
Zwei Jahre später

NIKA

»Wir sind wirklich sehr zufrieden mit Ihrer Arbeit, Captain«, bedankte ich mich und lächelte ihn an.

Captain Smith lächelte wie ein Honigkuchenpferd. Wir saßen im Arbeitszimmer und ich erledigte wie immer in letzter Zeit die Gespräche mit unseren Spitzeln.

»Das freut mich, Mrs. Wood.«

»Allerdings möchte ich noch einmal klarstellen, was es bedeutet, sich gegen mich und meinen Mann zu stellen. Das wissen Sie, Captain.«

Die Drohung war sofort angekommen. Er drückte den Rücken noch etwas durch und nickte dann. »Selbstverständlich.«

Er hatte mit seiner ersten Frau drei Kinder und die wollten ausgebildet werden. Momentan zahlten wir die Gebühren für Harvard und eine sehr teure Privatschule. Seine zweite Tochter würde bald auch aufs College gehen. Das kostete Geld. Captain Smith wäre ein Idiot, wenn er diesen Deal nicht annehmen würde.

»Gut, dann hätten wir das ja geklärt. Ich wünsche Ihnen ein schönes Wochenende.«

»Ihnen auch!«

Er gab mir nicht die Hand, berührte mich nicht. Mittlerweile wusste jeder, dass das Darryl nicht gern mochte. Und mich brachte das wieder zum Lächeln.

Ich stand auf, als Charlie ihn aus dem Haus begleitete. Heute trug ich ein langes blaues Sommerkleid und war froh, dass nicht mehr so viel zu tun war. Es sollte heute über 30 Grad heiß werden.

»Babe? Wo ist sie?«, schrie plötzlich jemand. Natürlich wusste ich, wer es war. Ich seufzte. Es war ja klar, dass Charlie ihn angerufen hatte.

Darryl kam ins Zimmer gestürmt und drückte mich an sich. Ich erwiderte seine Umarmung, weil dass das Einzige war, was mich immer beruhigte. Auch wenn er momentan die Beruhigung viel nötiger hatte.

»Was war los? Du bist umgekippt? Warum bist du hier? Du solltest im Krankenhaus liegen oder im Bett, verdammt!«

Er schaute sich jeden Winkel meines Körpers besorgt an.

»Captain Smith hatte heute den Termin bei mir, ich konnte den nicht absagen.«

»Scheiß auf den Termin. Das hätte auch Charlie erledigen können.«

Ich schnaubte. »Ich bin nicht krank, Darryl, ich bin ...«

Oh verdammt! So wollte ich ihm das nicht sagen, aber er fixierte mich schon mit seinem konzentrierten Blick.

»Du bist was, Babe?«, horchte er vorsichtig auf.

»Super, ich wollte es dir heute Abend sagen, wenn ...«

So weit kam ich nicht mal, er hob mich hoch, lachte und küsste mein ganzes Gesicht.

Am Anfang war er gegen ein Kind, was ich insofern unterstützte, dass es einfach zu früh gewesen wäre.

Aber nach einer Weile ... änderte sich seine Meinung. Ja, er hatte eine Verantwortung gegenüber seiner Arbeit, aber er wollte auch die andere Seite des Lebens kennenlernen. Und ich war auch dafür.

Seit ein paar Monaten versuchten wir es jetzt bewusst. Ich hatte meine Kurse auf dem College vor einem Jahr beendet und half hier so gut es ging mit. Natürlich kam ich nicht mit, wenn es heißer herging. Denn ich mochte einfach keine Waffen und wollte nicht noch mal so etwas wie mit Rick erleben. Aber ich sorgte dafür, dass die Leute, die gekauft wurden, meinen Mann unterstützten.

Charlie kam damals sieben Tage später wieder. Stumm wie ein Brot, kühl wie ein Eisklotz. Er war wie immer. Ob ihn JJ's Verrat verletzt hatte, ließ er sich nicht anmerken. Mir tat es eine Weile sehr weh. Ich hatte nie Freundinnen gehabt, sie hatten alle immer zu große Angst vor meinem Vater. Und jetzt? Dank des Colleges traf ich so manche Frau, die wirklich nett war. Ab und zu verabredeten wir uns zum Shoppen oder einfach so, um zu tratschen. Ich lebte ein einfaches Leben, auch wenn Darryl alles andere als der typisch einfache Ehemann war.

Dad ... starb vor einem Jahr im Gefängnis. Wie Darryl es vorhergesagt hatte, starb er in den Duschen ... was ihm genau angetan wurde, wollte ich gar nicht wissen. Schuldgefühle, Trauer ... das alles spürte ich kaum, als ich erfuhr, dass mein einzig naher Verwandter nicht mehr lebte. Er war mein Vater und dennoch war er es wieder nicht. Kein Dad dieser Welt würde bewusst seine einzige Tochter umbringen wollen.

Die Fehde zwischen den Woods und den Vulkovas existierte seit seinem Tod nicht mehr. Denn als Dad starb, erbte ich alles. Dads Testament wurde nämlich nie gefunden. Komisch, oder?

»Ich werde Daddy«, grinste Darryl und legte seine Hand auf meinen noch flachen Bauch. Wie dick ich wohl werden würde?

Ich lächelte und strich ihm über die Wange. Er mochte es, wenn ich ihn berührte. In den letzten zwei Jahren lernten wir uns beide erst wirklich kennen, und ich liebte jede Facette meines Mannes.

»Ich will dich, Darling. So dringend. Bitte ...«

Er musste nie bitten. Ich war immer genauso verrückt nach ihm wie er nach mir.

Mit einem Ruck hob er mich hoch, um mich die Treppe hoch und auf unserem Bett abzusetzen.

»Dein Hemd ist etwas dreckig.«

Er wusste, was ich damit meinte. Wenn ich diesen Satz sagte, meinte ich eigentlich das Blut, dass er abbekommen hatte.

»Entschuldige, ich ...«

»Nicht schlimm. Schön, dass du wieder zu Hause bist«, antwortete ich ihm ehrlich und er lächelte wieder.

Darryl war ein anderer Mensch, wenn er hier war. So als würde er erleichtert sein, nicht immer nur *den Wood* zeigen zu müssen. Hier brauchte er mir nichts beweisen. Hier ... war er einfach ein Ehemann, der liebte.

Wochen nachdem wir geheiratet hatten, flogen wir in die Flitterwochen, und dort erzählte er mir, was wirklich mit seiner Mutter geschah. Dieser Moment war etwas ganz Besonderes. Weil er wieder zeigte, wie Darryl auch sein konnte.

Mein Darryl.

Er hob meinen Rock hoch und schob seinen Finger zwischen meinen Slip, um mich dort zu massieren. Ich stöhnte auf und wurde sofort feuchter.

Darryl küsste mich so gierig, wie ich es brauchte. Generell wusste er immer, wie er mich anfassen musste.

»Ich brauche dich, bitte«, rief ich aufgeregt und er überlegte nicht lang. Ich hörte den Reißverschluss, spürte seine Hände, die mich näher an sich schoben, und dann drang er mit einem schnellen Ruck in mich ein.

Wir beide stöhnten, weil das Gefühl, wenn wir zusammenkamen, einfach atemberaubend war.

»Nika ...«, flüsterte er mir zu und blickte mir ins Gesicht. »Ohne dich ...«

Ich wusste, was er mir sagen wollte. Darryl war der Meinung, ohne mich nie wieder etwas Gutes empfinden zu können. Aber das glaubte ich nicht. Tief in Darryl war etwas Gutes. Er brauchte nur genug Gründe, diese Seite von sich auch zuzulassen. Er war einfühlsam, wenn es um mich oder Rosa ging. Darryl hörte mir gerne zu, wenn ich etwas aus meinem Alltag erzählte. Mein Ehemann war ... ein ganz normaler Kerl, wenn man seinen Job mal außer Acht ließ.

Wir bewegten uns im Einklang. Seine Hände berührten mich überall, auch wenn wir noch unsere Klamotten trugen. Aber diese schnelle Nummer brauchten wir jetzt.

Ich spürte den nahenden Orgasmus und er schwoll noch mal an in mir. Seine Bewegungen wurden immer schneller und härter. Wir beide wurden lauter, schwitzten und genossen den Sex einfach.

Ich kam zu Darryl mit dem festen Glauben, auch hier niemals wieder frei sein zu können. Aber ich irrte mich. Frei sein bedeutete, bei dem Menschen sein zu können, der einen auch wollte. Und das gab mir Darryl. Ein Zuhause.

Ob es mir Angst machte, bald Mom zu werden? Nicht wirklich. Darryl war da, Rosa und die Jungs. Ich liebte mein Leben und so würde es auch unserem Kind gehen.

Ende

 Nachwort

Darryl zu schreiben war nicht leicht. Er ist kompliziert, verrückt und ja, auch boshaft.
Jeder hat so seine ganz eigene Geschichte zu erzählen.
Darryls ist weder süß noch romantisch. Er litt und dementsprechend entwickelte er sich.
Ich hoffe, ihr hattet dennoch Spaß den beiden zuzusehen, wie sie sich annähern und wie auch ein Darryl für Jemanden mehr als nur Sympathie hegen konnte.

Ich danke allen, die mich während der Schreibphase und der Überarbeitung unterstützt haben.
Ich finde es so wichtig, nicht allein zu sein, wenn man sich so eine interessante, aber auch schwierige Geschichte ausdenkt.
Jeder Einzelne von euch hat einen großen Beitrag dazu geleistet!
Danke!

Das Projekt mit Sarah und Sam zu verwirklichen, war etwas ganz Neues und vor allem etwas Einmaliges! Es ist wundervoll gewesen, zusammen etwas zu schaffen, dass uns immer miteinander verbinden wird!

Dieses Buch ist Anja gewidmet. Weil sie es geschafft hat, sich in mein Herzchen zu schleichen. Ich hoffe, Darryl wird dir immer mit einer Portion Leidenschaft begegnen ... statt mit einer Knarre ...

Eure Emma

Weitere Werke der Autorin

Die Chances-Reihe:
Second Chance
One more Chance
Last Chance

Die Aftershocks-Reihe:
Divorces with Aftershocks
Love with Aftershocks

Looking for more

Annie & Logan

Die Side Effects-Reihe:
Side Effects - Lebe, als wenn es kein Morgen gibt
Side Effects - Liebe, als wenn es kein Morgen gibt
(erscheint im Sommer 2017)

Be with you - weil es dich gibt
Be with you - Solange du mich liebst
Again & Again - Immer nur wir
Save me - weil du mich liebst
Back to you - Nie mehr ohne dich (erscheint 2017)

I hate you, Honey

Weitere Infos findet ihr
auch auf Emmas Facebookseite:
https://www.facebook.com/EmmaSmithAutorin/